Hans Künzi
Achtung, i chume!

Hans Künzi

Achtung, i chume!

Wi us emne Lusbueb
e Pfarer wird

Illustriert von Karin Widmer

Fischer Media Verlag
Münsingen-Bern

I dankbarer Erinnerig
a myni Eltere u my Brueder Erwin
u alli Persone, wo im Buech erwähnt sy.

E bsunderi Fröid sy für mi o alli
Fründschafte us der Thuner Zyt,
derzue ghört d Verbindig mit de
Klassekamerade (Progy-Promotion 1939)

Der Sinnspruch us «Hans Jakob und Heiri»
(S. 338) vom Jeremias Gotthelf als Leitgedanke:
«Der Lauf der Jahre ist der wahre Fortbildungskurs
und Gott der Direktor, der ihn leitet.»

Die Deutsche Bibliothek – CIP Einheitsaufnahme

Künzi, Hans:
Achtung, i chume!: Wi us emne Lusbueb e Pfarer wird / Hans Künzi
Münsingen-Bern: Fischer Media Verlag 1997
ISBN 3-85681-352-7

Umschlaggestaltung: Karin Widmer, Bern

© 1997 Fischer Media Verlag
 Fischer Druck AG
 CH–3110 Münsingen-Bern
 Alle Rechte vorbehalten

Das Werk ist urheberrechtlich
geschützt. Jede Verwendung ist ohne
Zustimmung des Verlages unzulässig
und strafbar. Das gilt insbesondere für
Vervielfältigungen, Übersetzungen,
Mikroverfilmungen und die Ein-
speicherung und Verarbeitung in
elektronischen und multimedialen
Systemen.

ISBN 3-85681-352-7

Inhalt

Es het mi möge! 9
«Achtung, i chume!» 15
Der Oberscht u der Hudilumper 23
E Schuelschatz 33
Ds Gruselkabinett 41
Pfylebögele 45
Ds Thysi, e Maa ohni Gring 53
Nollum rollum Gitrum! 65
Brunz 71
Es Ankeblüemli steit am Wäg 79
Der Schutzängel 85
Rivalität um d Eleonore,
e Heldekampf uf em Margel 91
Der Patriot im Chabisblätz 97
D Notbräms oder e Höllekrach uf der Uttigebrügg .. 105
Mitternächtlechi Frouenabfuer am Heiligen Aabe ... 111
E dänkwürdegi Klassezämekunft 119

Zum voruus

Im Herbscht vom Läbe dänkt me gärn a d Zyt, wo's no Früelig isch gsi. Allerlei Erinnerige tüe sech eim ufdränge. Hütt bruucht me gly emal der Usdruck «Nostalgie», we me ds Vergangene ufwärmt (algos = Schmerz; nostos = Heimkehr; nostalgie = Heimweh/Längizyti). Was ig i däm Buech als ehemalige Thuner, wo vierzg Jahr im Härz vom Ämmital, z Lützelflüe, bi Pfarrer gsi, us der Jugendzyt fürehole, wett i nid im nostalgische Sinn tue. Nid e Schmärz oder es Weh steckt hinder dene Gschichte, viilmeh ist es d Fröid über das, wo me het ddörfe erläbe. Der Läser merkt gly einisch, dass geng wider der Humor ufflackeret, bi de einte Gschichte meh, bi de andere weniger. We der Goethe seit, vom Vatter heig är d Statur gerbt, «von der Mutter aber die Frohnatur», chönnt ig öppe – natürlich uf ere tiefere Äbeni – ds Glyche säge, müesst aber no derzue tue, dass i bsunders bim Gotthälf geng wider der nötig Stupf ha übercho, ds frohmüetige Läbesgfüel la obenufzcho. «Lachen ist ein Heilmittel, dessen stillende Kraft man nicht sattsam ermisst...» (Herr Esau I, 80) «...denn es ist wohl nichts, welches Zorn und Bitterkeit rascher verzehrt und macht, dass die Stimmung rascher umspringt wie um Tag- und Nachtgleiche der Wind, als ein heiteres Lachen» (Zeitgeist/Bernergeist, 209). I däm Sinn han i di Erinnerige so beschribe, dass si ufstelle u erheitere. Me sött drum bim Läse nid no meh müesse süüfzge. Me sött dörfe schmunzle u ufatme.

Bim Vorläse vo der einte u andere Gschicht han i gmerkt, dass d Zuehörer die Gschichte mit eigete ähnliche Erläbnis hei chönne verbinde, was de bsunders Spass gmacht het.

Wen i bi de beide Bärndütschbüecher «E gfröiti Sach» u «Oh, we dihr wüsstet, Herr Pfaarer» d Lützelflüe-Zyt dragno ha, het's mi jitz eifach gluschtet, zur Abrundig o d Thuner Zyt vo deheime no einisch la ufzläbe. Di Zyt isch ja nid weniger rych gsi a luschtige Begäbeheite.

I dänke mer das Buech o als es chlys Gschänkli vomene ehemalige Thuner für die hüttige Thuner. Es het mi halt denn als Thuner i ds schöne Ämmital abegschlängget, won i bi blybe chläbe. Di alti Heimat vergisst me wäge däm glych nid. Was eim i der Jugend prägt het, isch ja wi nes Samechörnli, wo später meh oder weniger darf ufgah.

Em Fischer Media Verlag, Münsingen-Bern, wo's gwagt het, di Gschichte z veröffentliche, möcht i beschtens für sy Muet u sy Mithilf danke.

Danke möcht i o der Karin Widmer für ihri stimmigsvolle Illustratione.

Sumiswald, im März 1997   Hans Künzi

Es het mi möge!

I bi denn no e chlyne Pfüderi gsi. Bi i de erschte Klasse i d Schuel ggange. Mi het is vo deheim här ytrüllet, d Lüt geng früntlich z grüesse. «We dihr der Name wüsst, so grüesset dihr mit em Name, u zwar dütsch u dütlich.»
Dennzumal isch d Wält no chlyner gsi als hütt. Mi het d Nachbare no gchennt. Si sy denn no z Fuess oder mit em Velo a üsem Gartezuun uf der Quartierstrass verbyzoge. Da isch albe e Herr Schlegel gsi. Är isch e grosse schlanke Heer gsi u isch uf sym «änglische Velo» geng styf ufgrichtet u höch wi ne Stange derhärcho. Er het es gsatzlichs Tämpo gha. Das het ganz zur Würde passt, won er uf sym Velo – wi ne Ritter «hoch zu Ross» – repräsentiert het.
Es isch äbe denn alls no viil gmüetlicher ggange. Uf der glyche Strass, der Schönoustrass, wo a üsem Huus zum Fridhof verbyfüert, isch hütt nach em Fyrabe es Jaschte u Haschte wi inere Ameislere. Wi sött me da enand no chönne grüesse, we's mit lärmige Vehikel nume so a eim verbypfylet.
Eh wi isch das doch früecher no heimelig gsi! Da het me no Zyt gha fürenand u het d Nachbare u süsch bekannti Lütt nid nume ggrüesst. Mi het o no es Wort mitenand bbrichtet.

So hei mir uf Mueters Befähl der Herr Schlegel geng lut u früntlich ggrüesst. Mi het's ehrlich gmeint, u d Mueter het eim de o erklärt, dass e Gruess e guete Wunsch sygi, e Sägeswunsch. Drum söll me di ganzi Seel i so ne Wunsch ynelege u nid nume so mechanisch em andere öppis aabbänggle.

Der Herr Schlegel isch e höchere Poschtbeamte gsi u het i üser Nachbarschaft inere schöne Villa mit rychlichem Umschwung gwont. Är sälber isch ehnder e verschlossene Maa gsi. Mi het ihm d Wort fasch echly müesse abchoufe.
Im Gägesatz zu ihm isch de sy Frou en offeni u gsprächegi Person gsi. Eigetlich isch si meh gsi weder numen so ne gradanegi Frou. Si isch e Dame gsi, e Madam. Aber wäge däm het si nid öppe dischtanziert u vornähm ta. Si isch e lütseligi Frou gsi, u me het se Zäntume guet möge. Derzue isch si o religiös interessiert gsi. Wo si gwüsst het, dass i wott Theologie studiere, han i natürlich e bsundere Stei bi ihre im Brätt gha.

Der Schuelwäg het mi a ihrem Huus, der Villa «Beau Site», verbygfüert. Drum het me o dert, u nid nume a üsem Gartezuun, chlyneri Gspräch gha u enand besser glehrt gchenne.

Aber jitz der Herr Schlegel uf em Velo.
Jedesmal, wen är vor üsem Huus verbygfahren isch, het är vo üs e guete u solide Gruess übercho. «Grüessech wohl Herr Schlegel.» Das isch de – wi d Mueter nis bbrichtet het – geng imene ufligen, muntere Ton derhär cho. U de het me ja scho denn gseit: «Wi me i Wald rüeffi, töni's o zrügg.»

Drum hätte mir eigetlich vom Herr Velo-Schlegu o ne guete Ton dörfe erwarte. Es Echo, wo me ma lose. Statt däm isch aber geng nume es chalts, stächigs «Grüess-ti» vo däm Velo oben abe cho. Wen er wenigschtens e Spuur weicher mit «grüess-di» derhärcho wär, de hätt's am Änd no ynemöge. Aber geng das herte, stächige «-ti». Das het mer uf ds Gäder ggä. Es het mi ddünkt, är schlänggi eim jedesmal mit ere Pflaschterchelle e Fläre Dräck i ds Gsicht mit däm: «-ti». Sä da hesch. Du bisch ja nume der «-ti».

Ja, da het me de wider gwüsst, wär me deheim eigetlich isch, we Mueter u Vatter eim der Ruefname ggä hei.

Es het mi eifach möge, dass mir bi däm Herr Beamte uf em höche Velo, wo mir mit üser Früntlichkeit so pflegt u sogar verwöhnt hei, nume der «-ti» sölle sy. Schliesslich isch me de o öpper, o we me nume e chlyne Bueb isch.

Ds Grüesse het mi überhoupt geng e wichtegi Sach ddünkt. Es isch e Visitecharte u stellt eim es Zügnis uus, wär me eigetlich isch. Me sött doch enand öppe no d Ehr gä, das es e Gattig het. Drum han i myni Chind geng scharf dra gmahnet, mit Grüesse nid z schüüch z sy. Es het mi hert gfröit, wo mer einisch der Ochsehousi, üses Wirte-Dorf-Original z Lützelflüe, het chönne säge, är läbi so wohl dranne, dass üsi Töchtere ne geng so früntli tüeji grüesse. «Öppe hoffetlich, das isch de ds Mindischte», han ig ihm dörfe quittiere.

Natürlich isch das, wo mer wäge däm -ti gseit hei, ke wältbewegendi Sach gsi, u mir wette nid meh drus mache, als es isch gsi. Aber es isch doch eigenartig, dass eim so öppis, wo eim als Bueb «het möge», im hindere Gedächtnis-Schublädli isch blybe chläbe. Nid, dass es eim geng «no ma». Im Gägeteil. Mir hei's jitz mit emene fyne Lächle eifach – «humoris causa» – no einisch vüregno, für's äntgültig z verstoue u z versorge.

Oder dünkt's nech öppe, i heig da z empfindlich u z zimperlich ta? So ne robolzige Schnuderi, wo mit anderne Buebe öppe ne Hoselupf gmacht het u nid wäge jedem Schranz i de Hose oder i der Hut hei isch ga gränne, sött doch no öppis möge verlyde.

Aber dihr müesst mi rächt verstah. I hätt nie verlangt, dass ig vo däm höche Velo abe mit emene Kosename, wo d Froue eim denn ggä hei, beglückt wärdi. Aber es het mi eifach ddünkt, das scharfe, schnydende, fasch echly verächtliche «ti» heig i de würklich nid verdient.

U doch bin i froh, dass i die Erfahrig gmacht ha. Di Sensibilität, won i da scho als Bueb empfunde ha, han i später im Umgang mit Chind berücksichtiget. So han i myne Konfimande geng der Vorname gseit, u zwar nid e verballhornete, schnoderige Übername, wi si ne sälber underand bbrucht hei.

E «Dänu» isch bi mir geng e Dani gsi. E Miggu het bi mir Micheli gheisse. E Hänsu, Housi, Hänggu oder Schang isch bi mir e ganz gwöhnliche, aber valable Hans gsi. E Hämpu, wo ja fasch tönt wi Hampumaa, isch für mi der Hans Peter gsi.
I ha nämlich öppis gäge d Verhunzig vo de Näme. Guet. Es git Abchürzige u Vereifachige, wo me cha la gälte. Es sy eigetlich o Verbärndütschige: Z. B. darf me emene Joseph eifach Sepp säge, oder e Martin darf e Tinu un en Andreas en Andi sy.
We's nid künschtlich ufbbouschte Firlifanz isch, ma das alls yne. Aber e Verhunzig vom Name isch geng o ne Verspottig vo der Person sälber, wo der Name treit. E Person u ihre Name isch uf der glyche Linie, u eis steit für ds andere.

Zrügg zum Herr Schlegel. Trotz allem hei mir ihm wyterhin getröilich sy guet Name ggä. Mir sy nie abgrütscht i nes ordinärs «Grüess-äch» Herr Schlegu, mit starch pointiertem, provokativem «äch». Mir hei ihm uf sy

Aaschlänggu nie mit emene beleidigende Ton zrügg ggä. Das darf i de stolz feschtstelle, o wen i ke Fade besser bi gsi weder anderi Giele i mym Alter. Lusbuebe si Lusbuebe, un es git e Periode, wo ne chäche Bueb eifach echly zu där Sorte ghört. Aber me het sech a d Gränze vo däm, wo no zum Aastand zellt, ghalte. Me het o a d Folge ddänkt, wo ne Frächheit hätt mit sech bbracht. Drum isch me nid so wyt ggange, wi's eim mängisch o gluschtet hätt, z ga. Wäge däm isch me de no lang ke Feigling gsi. Mi het eifach zeigt, dass me e gueti Chinderstube het gha.

O we der Herr Schlegel eim wi mit emene Schlegu bim Grüesse echly uf e Dechu ggä het, het är ja sälber das gar nid gmerkt u het eim dermit o gar nid bsunders wölle preiche.

Es isch eifach so sy Art gsi. U my Art isch es halt gsi, di ganzi Gschicht ärnschter z näh, als si's vilicht verdienet het.

Aber es wott doch niemer cho säge: da derzue heig üsereim nid o ds Rächt gha.

U übrigens: We eim öppis ma, de ma's eim halt eifach – baschta!

«Achtung, i chume!»

Das tönt nid grad bescheide. Als ob d Wält no grad uf eim gwartet hätt. Drum han i später myne Töchtere geng ybbläut: «Du bisch es Pünktli im Wältall.» I ha im Läbe nüüt meh verabschöit als so nes grossgchotzet's Derhärcho.
Aber das «Achtung, i chume!» isch ja denn, won i das sälber zum Muul us gla ha, gar nid e heldehafte Usruef gsi. Im Gägeteil.
Es isch bi myr erschte Velofahrt gsi. U das isch weiss Gott ke berüemti Sach gsi. E bösi Abverheiete isch es gsi.
Bim Elterehuus z Thun a der Alpestrass het mer e Nachbarsbueb ghulfe bim Lehre-Velofahre. Es isch es Velo gsi, wi me se denn gha het; ohni viil Komoditäte. En alte Göppel zum Aafa, guet gnue für di erschte Püle dermit yzfa.
Dä Fahrlehrerbueb, wo alles andere als e Lehrer isch gsi, het ds Velo bim Sattel gha u mi aagstosse, u scho isch's ggange. Grad es guets Gfüel han i nid gha derby. I ha gspürt, dass das Aabetüür jede Momänt cha z Änd ga. Es tschuderet mi no hütt, wen i dra dänke, win i mit der Länkstange hin u här gruederet ha für ds Glychgwicht uszbalanciere. «Muesch emu geng pedale, süsch überchunsch Schlagsyte u de het's de gfählt», so han i für mi sälber ddänkt. Einisch wär's bald esowyt gsi, won i us em Pedal gheit bi. Im letschte Momänt han i's wider verwütscht. Mit Hin-u-Här-Fäliere mit der Länkstange han i mi no knapp chönne rette.

Ds erschte Problem het sech aber ergä, won i vo der Alpestrass i di breiteri u beläbteri Mittleri Strass ybboge bi. Scho d Yfahrt vo üsem Alpessträssli i di Mittleri, wi mer där Strass gseit hei, isch e chrummi Sach gsi. I bsinne mi no guet, dass i denn di ganzi Breiti ha bbruucht. Ufdsmal het's mi vo der Strassemitti i lingge Egge überegschlängget, won i en Ysezuun i syr ganze Spitzigi vor mer ha gha. Da han i doch afe der nötig Reschpäkt übercho vor där Fahrerei, wo eigetlich meh e Plamperei isch gsi. Es hätt nid viil gfählt, wär i a däm Gländer ufgspiesst worde u amene roschtige Ysespitz blybe hange. Wi ne Aagheiterete, wo – wi der Gotthälf seit – «i anderne Umständ isch», bin i wankend u schwankend derhär cho. Es het ke Gredi gha. Aber emene sibejährige Büebu het natürlich niemer chönne fürha, er heig e Stüber. So seriös i vo dahär wär gsi, so fahrlässig bin i leider punkto Gchenne vo Verchehrsregle gsi. Vo so öppisem han i ke Ahnig gha. Dertdüre han i mi als freie Schwyzer gfüelt, i däm Sinn, dass sech däich alli Wält eim mües aapasse. Aafangs de dryssger Jahr het's denn – ussert es paar Velo – fasch no keni motorisierti Vehikel ggä. E Zyt, wo so paradysisch isch gsi, dass me sech das hütt gar nümm cha vorstelle. Drum het der Aastossibueb sech o gar ke Müe ggä, o nume mit zwöi Wort öppis dervo z säge, was i de mües mache, we mer öpper anders eggägechunt. Er het ddänkt, das ergäb sech de vo sälber u vilicht het er's o sälber nid gwüsst.

U doch isch me äbe o denn nid ganz alei uf der Strass gsi. Scho sofort het's für mi e gfährlechi Verwicklig ggä, won i ha müesse feschtstelle, dass mir vo wytem es Ehepaar uf

de Velo eggägefahrt. Breitspuurig chöme si derhär, guet u fescht gsattlet uf ihrem Velo, sicher u majestätisch stüüre si uf mi zue, ohni öppis Böses z ahne.
Aber uf weli Syte söll i jitz da uswyche? Jä, das isch doch nid sälbverständlich, git's doch da verschideni Müglechkeite. Genau gno dreie: Rächts, linggs oder... zmitts düre. I ha i myr Vertatterig grad di unmüglechschti Variante useglöse: zmitts düre.
Jitz chöit dihr öich vorstelle, was passiert isch. I schiniere mi ja fasch, di ganzi Chesslete hie z erzelle.
Derby mues me sech vergägewärtige, wi unerchant schnäll das alls ggangen isch. Di beide Velofahrer, wo mer uf de dennzumalige höche Velo wi Riise vorcho sy, hei gli emal gmerkt, dass si da e merkwürdig gstabelige Pedali u ne höchscht usichere Kumpan vor sech hei.
Aber en andere hei si jitz nid schnäll chönne ga useläse, so weni win i mer di zwe Velofahrer i der Phantasie nume als e Fatamorgana ha chönne ybilde. Der Ufmarsch isch jitz schicksalshaft im Tue gsi u d Konschtellation nümm abzändere. U so geit's äbe no mängisch im Läbe.
«Achtung, i chume!», han i als Warnig usgrüeft. «Wo düre wosch, Bueb?» rüeft mer der Maa afe zue? Für das z erkläre, het aber d Zyt nümm glängt. Jitz lachet nid: I ha i myr totale Unbhülflichi der Zeigfinger vo der rächte Hand grediuse gstreckt für aazzeige, i wöll zmitts düre. – Bis zuechenaa isch ja meh als gnue Platz gsi zwüsche dene beidne.
Aber es hätt ja es Wunder müesse gscheh, we die my Richtigsaazeig hätte gseh u ersch no richtig hätte chönne düte. So viil isch ne de doch nid zueztroue gsi. Wen i

wenigschtens no nes Handzeiche hätt ggä. Aber de wär d Länkstange bös i ds Flädere cho, u de hätt i de für nüüt meh chönne garantiere.

Wil di beide so breitspuurig derhärcho sy un ig zmitts uf der Strass gfahre bi, het's mi ddünkt, i heig da Zwüscheruum gnue für zmitts düre. Me mues doch o der gsund Mönscheverstand la walte. Mi het das uf all Fäll ds Natürlichschte u ds Eifachschte vo der Wält ddünkt.

Aber e settige Blödsinn isch däm Veloehepaar natürlich ke Sekunde i Sinn cho. Drum fahre di fridlich gsinnte Pedaler im letschte Momänt nächer zäme, für mi mit Fueg u Rächt rächts i myr Fahrrichtig näbe ine la z passiere. Aber im höche Gfüel vomene freie Schwyzer han i mir erloubt z manövriere, wi's mi guet ddünkt het. I settigne Phantasie han i denn gläbt. Im letschte Momänt gägesytig no schnäll en anderi Regel abzmache für einisch echly Abwächslig i ds längwylige Einerlei vom Strasseverchehr ynezbringe, win i mit em Zeigfinger ha aaddütet, das isch allwäg ussert mir süsch no niemerem uf der Wält i Sinn cho.

U jitz verhäbet ech d Ohre u lueget echly uf d Syte, liebi Läser. Mit emene Chlapf u Riisetschäder ligt di ganzi Paschteete am Bode. Für mi e mittlere Wältundergang i der Mittlere Strass. Yse u Bläch, verchrümmti Redli, verschrisseni Hose, bluetegi Nase, verpületi Gringe, alls isch da i zwo Sekunde mitenang u ufenang u dürenang am Bode gläge. Hei, isch das es Schlachtfäld gsi. D Brülle vom Maa ligt im Strassegrabe, Stoff-Fötzle hange am Pedal. Mit Byschte u Bärze het me sech schliesslich wider uf Bei bbracht.

Aber jitz het es Flueche u Schimpfe aagfange win i's vorhär u nachhär no nie ghört ha. «Du donners cheibe Lusbueb, was de bisch, verfluechte Schnuderi, chasch de nid luege!» Dass dä Mano so chächi Verwünschige het möge usrüefe, het mer bewise, dass dä sy Läbeschraft no ganz gäbig binenand het.

U doch het mys zarte Buebegmüet dä Vorfall ärnscht gno u sofort mys Gwüsse i Funktion gsetzt. Ou, het das gsüngget. Wi nes Mässer het's im Lyb umegstoche, ohni chönne z säge, wo's de eigetlich gnau isch, das Gwüsse. Eis isch ja sicher gsi: ig alei bi da a allem dschuld. Ohni z wölle, han i Pfuderi es settigs dumms Unglück aagstellt. «Wo bisch deheime, Bueb? – Jä, da gö mer jitz grad hei. D Eltere müesse wüsse, was für ne Schnuderi si da hei. Geit's no wyt?» – «Äbe no feiechly», bringen ig i myr Not use. Derby isch es nume ume Egge ggange. Aber für hei z humple u ds Gwüsse mit de zuenämende Püff uszhalte, isch es meh als wyt gnue gsi. Das scho.

«Emu z Paris isch es nid», ghören i, «chumm Bueb, du luusige Kärli, d Eltere chöi jitz zale, was du verbroche hesch. Was sy de das emel o für Lüt, wo ne settige Lushung vo Bueb hei?»

Wi ne Verbrächer bin i mir vorcho, u mys Gwüsse isch mit jedem Schritt ine jämmerlichere Zuestand ynegraate. D Blätze a de Händ hei nüüt z säge gha, der seelisch Knax het mer viil meh weh ta.

Vo da här han i später geng guet verstande, was das bedütet, we's heisst: «wie ein Lamm, das zur Schlachtbank geführt wird». Öppis ähnlichs han i denn als «arme Sünder» empfunde. U doch bin i ja gar nid der Märtyrer gsi. Das drangsalierte, zämegfahrene Veloehepaar, bsunders der Maa, wo am meischte Schränz u Bluettröpf verwütscht het, het sech ddörfe als Märtyrer vorcho.

Es Martyrium isch eigetlich nid grad öppis vom bequemschte, u doch isch das für viil Lüt eis vo de höchere Gfüel, sech als Märtyrer z füele. I ha's später mängisch beobachtet. Es git Lüt, wo sech freiwillig i ne Art Märtyrerpose ynesteigere u ganz wohl derby läbe. Sech echly dörfe la beduure, wohl, das lüpft di armi Seel höch ufe u git ere ganz gäbig wider Muet. Uf der andere Syte han i einisch gspürt, was e grosse Sünder isch. Dä Mano het nid wölle ufhöre mit sym «donnersch Schnuderbueb». Sy Frou hingäge het kes Wörtli gseit. Es het mi ddünkt, dere heig's total d Sprach verschlage. Dass die nid o no mitghulfe het, isch für mi scho ne gross-mächtige Troscht gsi. Es het em Donnere vom wüetige Mano e ghörige Dämpfer ufgsetzt, ja, es het's feiechly nöitralisiert.

D Froue wüsse gar nid, wi viil Guets si mängisch mit Schwyge chöi aarichte u wi starch settigi Troscht cha sy, we d Manne meine, jitz mües bugeret u poleetet wärde für ihri männlechi Sterchi so rächt chönne z demonstriere.

Deheime isch d Mueter cho z springe: «Eh, was het's emel o ggä?» Si het sofort gmerkt, dass es da halt es chlys Pütschli het abgsetzt. Was ig i mir jugendliche Gstabeligi nid ha zstand bbracht, het d Mueter gschickt i d Gredi bbracht. Si het sech afe ordeli entschuldiget.
Nachär isch si ga Verbandzüüg hole u het sofort aafa d Wunde doktere. U de sy d Hose dracho. D Mueter het se – so guet es isch ggange – zämegflickt u het mit früntliche Wort uf all Syte ume begüetiget. Eh, was doch so nes guetgmeints Wort usmacht! Mängi Situation wär gar nid so schlimm, we nes guets Wort der Träf cha gä u d Sach uf ene vernünftigi Äbeni cha stelle. De chunt de albe gly wider e besseri Stimmig uuf.

Trotzdäm han i mi bi där Samariterei ab der Zetti gmacht u bi yne i d Stube, mys aagschlagene Gwüsse ga ushüüle.
Wi wunderbar het aber o für my Seelzuestand ds Mueterhärz bytrage, wi me so ne Schade cha heile. Im Handumdrääje het si dä «Wältuntergang en miniature» zumene Ereignis gmacht, wo me scho gly wider drüber cha lache. Mit ihrer aapackige, fröhlich uflige Art, ohni när-

vöses Umehüschtere, isch me – win ig i der Stube ghört ha – emel no ganz fridlich usenandggange. Ds Donnere u ds Cheibe isch bim ddokterete Mänu wi abgschnitte gsi, u es het mi ddünkt, i ghöri vo der frömde Frou Velofahrere sogar so öppis wi nes versöhnlichs «Danke emu de viilmal».

Es isch mer gsi wi nach emene böse Gwitter: we d Sunne, di liebi, ufdsmal wider ma düregüggele u di ganzi Landschaft tuet uslüüchte, no häller u no früntlicher als vorhär.

Der Oberscht u der Hudilumper

I der Alpestrass z Thun, won i ufgwachse bi, hei mir grad gägenüber im Nachbarhuus e Hudilumper gha, u a der glyche Strass, im Huus wyter obe, isch e Herr Oberscht gwont. Grösseri Gägesätz hätt me sech chuum chönne dänke. So het me de scho als Bueb Aaschouigsunterricht übercho, wi d Wält us luter Gägesätz besteit.

Nähme mer zersch der Herr Oberscht dra. Er het Bohner gheisse u isch geng höch uf emene Rytross derhär cho. Kontakt het me kene gha mit däm höchrangschierte Heer. Jede Morge isch är zur glyche Zyt, zwüsche nüün u zäh dür d Alpestrass gritte u het vor sym Huus, also üsem Nachbarhuus, e chlyni Parade vorgfüert. Gly druuf het sech nämlich es Fänschter im erschte Stock ufta, u usegluegt het sy Frou. Mit syr Frou het er e chlyne Schwatz gha. Nie isch er abgstige. Das wär mit ere militärische Haltig o gar nid verybar gsi. Er het näbem Komandiere däich geng o d Ufgab gha als «Inspecteur des travaux finis» syni Lüt ga nachezkontrolliere. Drum isch är nach em churze Bsuech i der Alpestrass wider sofort u rassig abtraabet, use ufe Kasärnehof.

Sy Frou het gwüsst, zu weler Zyt ihre Maa hoch zu Ross öppen isch fällig gsi. Drum het si vor em Fänschter glüüsslet, bis ihre Herr Gemahl i der Alpestrass isch ufgchrüzet.

D Frou Bohner isch für üs en usnähmend früntlichi Nachbarsfrou gsi. Ihres Gsicht het Fröhlichkeit usgstrahlt, u

bim Gspräch mit ihre sy nie anderi als liebenswürdigi u guetmeinendi Wort derhärcho. Mit Komplimänte het si nid gspart. Geng het si öppis gwüsst z brichte u o vo sälber es guets Aachnüpfigswort gfunde.

Ihre Maa hingäge, vo däm hei mir überhoupt ke Ydruck gha. Är isch e Muggi gsi. Wen er je i d Lag isch cho z grüesse, het er das gmacht wi im Dienscht, indäm er energisch di rächti Hand zum Huetrand ufezoge het. Het er ächt dermit wölle understryche, dass sy Huet mit de drei dicke guldige Bändle sy ganzi Person usmacht, der Oberschthuet, wo wi ne Chünigschrone sys Glatzehoupt abdeckt het? Was sött är de mit so chlyne Wichte, won är höch uf sym Paradegoul obe ja chuum rächt het chönne gseh, no rede? Das hätt ihm sicher zersch sy liebi Frou müesse säge. Wi gseit, däm Brummli hätt niemer meh als es churzes u oberflächlichs Salutiere zuetrout. Wi ne Halbgott isch er mer albe vorcho, dä Herr Oberscht, u i ha mi gfragt, wi dä ächt mit syne Undergäbene umggange syg?

No meh han i mi als chlyne Bueb, wo sech halt scho denn allerlei Gedanke gmacht het, gfragt, wi dä überhoupt zu syr liebenswürdige u sälte hübsche Frou cho isch? Nu, das isch mi ja nüüt aaggange. Aber irgendwie han i mi im gheime glych geng verwunderet, dass dä stolz Heer, wo de no üsserlich ehnder e chugelige, feisse Mocke isch gsi, zunere so uflige u sunnige Frou cho isch? Irgendwie hätt me der Frou Bohner no ne gmögigere Maa möge ggönne. Aber mi cha d Sach o anders aaluege. Niemer als di Frou isch beruefener gsi, als wybliche Gägepart däm verchnorzete Instrukter en Uffrüschig z gä, won er allemaa bitter nötig het gha. We me nume o öppis dervo hätt gmerkt! U wen er nume deheim bi syr wärte Frou nid o so ne chlubige Surchabisgränni isch gsi!

Das Ehepaar isch chinderlos gsi. Schynbar het d Frou Bohner nid drunder glitte. Aber mi het ja nid geng alles gseh. Gchlagt het si nöie nie. Das hätt mit ihrer vornähme Art scho gar nid zämepasst. Geng isch si uflig gsi u zumene guete Gspräch bereit. Grad ihres natürliche Wäse, wo so ächt isch gsi u frei vo allne hochgstochene Allüre, het mi scho denn beydruckt. Uf all Fäll isch vo der Frou Bohner i üser Familie nume Guets vermäldet worde.

Sicher het ihre Ehemaa o syni Verdienschte gha. Är het ja ghörig müesse abverdiene, obschon sech di höchere militärische Räng fasch echly vo sälber ergä, we eine uf em Karriere-Stägeli e gwüssni Stuefe erchlätteret het. Aber äbe, gäge sy Frou isch dä höch rangschiert Militär bös abgfalle. «Kleider machen Leute», aber ds Naturell u ds wahre Wäse vomene Mönsch chöi si halt doch nid usmache, d Chleider.

We der Herr Oberscht uf em Ross i üser Alpestrass albe isch nache gsi, hei Bohners mitenand gscharwänzlet wi zwöi verliebti Tübeli. Übrigens het dä höch Ryter syr Frou chönne sicher sy. Dass er all Tag, chuum isch er zur Tür us gsi, scho wider isch zrüggcho, isch nid öppe nötig gsi für z kontroliere, ob ihm sy schöni Helena no tröi syg. Viilmeh het er bi däm Znüüni-Schwatz – hütt würd me vilicht vomene «smal talk» rede – e seelischi Retablierig chönne fasse, wo hoffetlich nid nume ihm sälber, sondern o syne Undergäbene bis abe zu de Dädtle z guet cho isch. Dä Abstächer i d Alpestrass het ihm doch jedesmal e guete Luun i ds Gmüet müesse pflanze, süsch hätt er de würklich nid nume ne stuuri Chugle, sondern o nes verpanzerets Härz gha. We's würklich so isch gsi, dass di Scharwänzeleie e Nachwürkig hei gha, wi mer grad dervo gredt hei, de cha me ja o nachträglich nume froh sy für dä regelmässig Träff vom Herr Oberscht mit syr Frou i der Alpestrass. Schliesslich het alles, was me macht, e Langzytnachwürkig, wo me nid darf underschetze.
Ds Ganze isch eigetlich trotz aller militärische Ufmachig e schöni Romanze gsi, wo üs denn feiechly amüsiert het.

Aber es anders Ereignis, wo sech no nächer vor üser Hustüür abgspilt het, het en Effekt gha, wo alls andere als romantisch isch gsi u wo mir persönlich ganz zünftig a ds Läbige ggangen isch.

Vo däm Effekt wott i nech jitz no erzelle. Es Aadänke dervo tragen i hütt no dütlich sichtbar uf myr Stirne. Es isch e Narbe vomene Schädelbruch, u si gseht uus wi ne Studänteschmiss.
Es isch eso gsi. Üse Nachbar, der Hudilumper Bärtschi, het en Art es Versandwaregschäft gha. Är het alti usdieneti Chleider, wo ja mängisch no feiechly bruuchbar sy gsi, eggäge gno, het se de echly zwäggmacht u wider verchouft. Är het also mit Chleider, wo me hütt öppe em Rotchrüz oder anderne Organisatione übergit, sys Gschäft gmacht.

Jede Namittag, pünktlich am zwöi, isch är mit sym Handwägeli loszoge, für di Altware imene Hudilumpersack uf sym Vierradhandwägeli uf d Poscht z bringe. U zwar begleitet vo sym Hund. Das het eigetlich ganz zfride u harmlos usgseh u het zu där Zyt eifach zum normale Strassebild ghört. Nume sy Hung, der Seppu, dä isch für üs Buebe im Quartier es gförchtigs Unghüür gsi. Mir hei ne gschoche wi der Tüüfu, dä donners Brüelihund, wo i allem ume ghüschteret isch. Mi seit ja, d Hünd gspüri's, we me Angst heig vor ne u de wärde si bsungerbar hässig. Uf all Fäll isch der Seppu gäge üs Angschthase bsunders ufsäässig gsi. Seppu het mi geng bsunderbar bös aagschnouzt, u wen i mi nid im letsche Momänt hinger em Gartetööri hätt chönne rette, hätt i de für Hose u Hut nüt meh wölle garantiere.

Jitz isch's eso gsi: My Vatter het e Zytlang als Pöschteler es gälbs Velo gha mit ere Holzchischte bi der Länkstange vore. Dert drin het är de Päckli u Briefbünd transportiert. Übere Mittag isch das Velo i der Neechi vom Gartetööri i der Alpestrass parkiert gsi. Einisch bin i emel i di Velochrääze yneggageret, bevor der Bärtschi mit sym Seppu isch usgrückt. I bi mer vorcho wi inere Feschtig, ha mi sicher gfüelt wi süsch no nie u ha ddänkt: «Jitz cha Seppu tüüfle win er wott, i cha däm Spiili zfride zueluege u no Fröid dranne ha.» Git's de öppis Schöners, als vomene sichere Standpunkt uus uf d Niderige vo där Wält abezluege? Das höche Gfüel han ig i der Velochrääze gnüsslich ghüschtiget. Aber nid lang. We me äbe wüsst, was albe nachhär chunt?

Vore a der Schönoustrass gsehn i der Siniger Fönsu (Alphons), e Nünteler, wo grad vo der Schuel heichunt. Är gseht, wi der Seppu uf der Alpestrass wild umeraset. Für mi isch der Seppu später es aaschoulichs Bild gsi für ne Stell im 1. Petrusbrief 5, 8. Dert heisst's als Mahnig: «Seid nüchtern und wachet. Euer Widersacher, der Teufel, geht umher wie ein brüllender Löwe und sucht, wen er verschlingen könne.» – Für mi isch der Seppu uf all Fäll nid weniger gfährlich gsi als e Löi.

Aber jitz Siniger Fönsu. Fönsu het kurzentschlosse e grobe Chemp gsuecht. Settigi sy denn uf üser unteerete Alpestrass z hüüffewys umegläge. Ahaa, Fönsu, dä grossartig Vaterlandsverteidiger wott allemaa em Seppu sy frächi Schnouze vermöble. Zu däm cha me Fönsu nume gratuliere. Drum het mi ddünkt, i sött ihm no rächt Muet mache u rüefen ihm zue: «Preich de nume dä Souhung!» So het's us der Velochischte tönt, u jitz isch alls sekundeschnäll abglüffe. Scho suuset e Stei dür d Luft. Scho läben i im Siegesgfüel, es böses Roubtier syg bbändiget.
Päng, da chlepft's. Aber nid bim Seppu. Ganz amene angeren Ort chlepft's. Mit Bluetström übergosse flügen i hingertsi um u brüele, wi we me es Söuli am Mässer hätti. Um mi ume isch brandchohle-schwarzi, fyschteri Nacht worde. I gseh nume no, wi Vatter u Mueter mit offene Arme uf mi zuerenne. Was het's emel o ggä? Was isch de passiert? – Ja, was isch passiert?
Fönsu het der lätz preicht. Wär isch jitz da der Souhung? Jitz sy bald afe drei, wo chönnte i Frag cho. Der Seppu

natürlich, aber o der Fönsu, wo ohni z wölle vom Retter zum bluetige Täter isch worde, u halt glychzytig o i, wo gäge nes anders Läbewäse so läschterlichi Verwünschige ha usgsproche . . .

Aber eis isch klar: Dä wo ne eigetlich isch, der würklich Souhung, däm het's nüüt gmacht. Dä cha wyterhin sy frächi Schnouze füere. Der Chempf het ds Ziil verfählt. Fönsu het's guet gmeint. Aber Fönsu het pfuderet u isch alls andere als e Täll gsi. Ach, isch das es Eländ gsi: I ha nes Loch im Gring gha, e Schädelbruch, wo der Dokter het müesse vernääje.

Aber o der Fönsu het es Loch gha. Nid im Gring, aber im Gwüsse. U das het nid weniger gsügget, win er is speter bbychtet het. Aber Bärtschi u sy S . . . Hung, der Seppu, die si wyterhin Tag für Tag mit em Wägeli uf Poscht zottlet, wi we nüüt passiert wär.

Eis isch mer syder klar worde: Mi sött äbe nie öpperem öppis Schlächts wünsche. O denn nid, we's eine no so verdient hätti. Sogar nid emal denn, we's e Hung, e veritable S . . . Hung, gsi isch.

Wär weis ob nid ds Ganze uf eim sälber zrüggchunt? «Wer dem andern eine Grube gräbt, fällt selbst hinein.» (Ps. 7, 16)

No öppis:

Meinet dihr öppe, dä hüdelig Lumper heig sym Seppu e Muulchratte aagleit, nachdäm wägen ihm fasch es Todesopfer isch z beklage gsi. Chöit dänke. «Sölle di andere luege. Seppu isch ja der freinscht Hund, wo umelouft.» D Ysicht, dass sy Seppu uf öffetlichem Grund u Bode für mänge es Ergernis isch gsi, het me däm Hudilumper u Gmüetsmönsch Bärtschi – mit ere grosse Zigarre im Muulegge – doch nid chönne zuemuete.

Immerhin isch i der Alpestrass äbeso pünklich wi der Bärtschi mit Hund u Wägeli der Oberscht derhärcho u het uf em Ross vor syr schöne u guete Frou fridlich paradiert.

Was wott me de no meh?

E Schuelschatz

O mir hei denn üse Schuelschatz gha. Aber das isch e harmlosi Sach gsi. Vo däm Schuelschatz het meischtens niemer öppis gwüsst als mir alei. Vo däm stille Verehrer het o dä Schatz sälber nüüt gmerkt. Emel bi mir isch das eso gsi. Nid vergäbe hei üsere paar Giele einisch bimene Lagerfüür uf ere Alp obe gsunge:
«Kein Feuer, keine Kohle kann brennen so heiss,
als *heimliche* Liebe, von der niemand nichts weiss.»

I bi denn im vierte oder füfte Schueljahr gsi, wo's mi verwütscht het. Das Meitschi het schöns schwarzes Haar gha u het mi fasziniert mit sym früntliche Gsicht. D Farb vom Gsicht isch imene hälle glychmässige Bruun ghalte gsi. Echly meh Farb hätt i eigetlich no gärn drinne gha. Aber mi cha nid geng uf ds Maximum ga. Wil ihres Gsicht süsch de Schönheitsnorme öppe entsproche het, won i mir gsetzt ha, het's ynemöge. Es wär scho viil gseit, we me würd säge, i syg verliebt gsi. Es isch höchschtens e waggelige Aafangsversuech gsi derzue, nid lydeschaftlich u dermit o nid unheilbar. En Aaflug vo Sympathie für nes bsunders Meitschi u nid meh.
Madeleine het si gheisse. Scho der Name isch öppis Aparts gsi. U vo Paris isch si cho. Das het natürlich di Romantik no attraktiver gmacht u het ihm es exotisches «Timbre» ggä.
Madeleine vo Paris, wo fasch wi ne dunkelhütegi, schwarzhaarigi Spanierin usgseh het! Wohl, das wär doch öppis gsi für so ne gwöhnliche Alpestrassegiel. De het si natürlich o gfranzöselet u i ihrem Dütsch e gwüssen Akzänt gha, wo eifach o nid jedi anderi het chönne härelege. Es donners fyns Gsichtli u nes vollippigs Göschi, wo het chönne gschliffe rede wi us emene Buech. Derzue öppis Fynöggeligs u Scharmants; ja genau, «Charme» isch es gsi, wo si het usgstrahlet. So isch das Madeleine wi gmacht gsi, für alli myni Buebeträum i das Meitschi yne z projiziere. U di Projektione hei us däm Mädi fasch so öppis wi ne Ängel gmacht u de no eine vo dene, wo me süsch nid cha gseh uf där Wält. Äs sälber het ja nüüt dervo gmerkt u niemer het öppis dervo gwüsst. Es isch würk-

lich mys Privatgheimnis gsi, i mues es no einisch betone. Aber i ha denn meh u meh Müe gha, dass sech dä Schuelschatz i mym Härzensdruckli inne still het. Geng het er use wölle. Drum han i müesse ufpasse, dass i mi nid verschnäpfe u niemerem öppis dervo verzelle.

Won i es paar Jahr später im Gymer vom Goethespruch ghört ha «Wohl kannst du den Schmerz in deiner Brust verschlossen halten, stilles Glück jedoch erträgt die Seele nicht», han i us Erfahrig beschtens gwüsst, was är meint. We me z viil Glück für sich alei wott bhalte, mues me ufpasse, dass es eim nid versprängt.

I bi denn uf all Fäll geng grad knapp vor em Verspränge gstande. Es het viil Energie bbruucht, für das choge Meitschi im Gfängnis vom mym Gheim-Chämmerli in Egi z ha.

Im übrige isch denn no ne Zyt gsi, wo's scho der ganz Muet bbruucht het, für nes Meitschi, wo eim sympathisch isch gsi, aazluege ohni rot z wärde. Hingäge het's mi legitim ddünkt, dass me geng echly a ne Schatz dänkt, u i ha desswäge ke Minute es schlächts Gwüsse gha. Im Gägeteil. I ha härzlich wohl gläbt mit mym Gheimnis, won i so ganz für mi alei ha ggoumet. So het das Madeleine würklich ganz mir alei ghört, u zwöitens isch es – unnahbar u unbekannt wi nes für mi bbliben isch – wahrschynlich no schöner u besser gsi, als es je i der Würklechkeit gsi isch. Wen is hätt glehrt gchenne, wär ja de gly einisch hinger em höche Ideal di weniger verklärti, vilecht enttüschendi Würklechkeit fürecho.

Ds Ganze isch e eigebrödlerischi Gedankespilerei gsi u süsch nüüt. Völlig harmlos.

Harmlos? Jää, jitz han i doch bald echly zviil gseit. Ganz eso harmlos isch äbe di Sach de doch nid gsi.

Wen i bi däm Huus i der Nachbarschaft verbyggange bi, han i zersch geng echly umegöugeret, ob i öppe mys schöne Madeleine vo Paris chönnti gseh. Aber so mängisch i bim Tööri i Garte yngluegt ha, nie het das Chrottli mir d Fröid gönnt, öppen einisch uf em Bank z hocke oder wenigschtens us em Fänschter usezluege. I ha mer albe fasch d Ouge usgluegt. Aber geng han i mi müesse uf morn vertröschte. Vilicht gsehn is de morn?

Eh, wi het sech das donners Häxli koschtbar gmacht! I ha mi afe gfragt, ob si sech öppe äxtra versteckt heigi? Oder ob si ächt wider z Paris sygi?
Einisch, won i a ihrem Gartetor verbyggange bi, han i ohni z wölle ufdsmal der Griff vom Gartetööri i der Hand gha. I weis der Gugger, wi das ggangen isch? Es het mer eifach my Hand aazoge. Schliesslech isch es en ysige Griff gsi, u Yse ziet eim aa, wi we's elektrisch wär. Mit em Elektrische het das nämlich z tüe gha. Das cha mer niemer usrede. Süsch loset jitz:

Verstöht mi rächt. I ha ds Tööri nid öppe wölle uftue, für yne z gah u z lütte. I ha nume ganz fyn dä Griff wölle berüere, wo ds Madeleine ja o geng i sy Hand het gno. Ha wölle gspüre, was das für nes Gfüel isch. Meh nid. Nume das.
Indiräkt han i nämlich dermit o em Madeleine sy Hand gstrychlet, u öppis vo där zouberhafte französische Wält,

wo ds Madeleine verkörperet het, i Griff übercho. Phantastisch, troumhaft. Wele Progygiel het de je so öppis Aabetüürlichs erfahre u de no i de erschte Jahre vo syr Karriere?

Aber potz tuusig abenand, da han i so öppis wi ne Schlag übercho, dass es mi fasch hindertsi umgjättet het. Jää, hei si de das Meitschi hinger emene elektrische Zuun ygspert, dass nid öppe so ne gwöhnliche Bärnergiel di französischi Prinzässin cha ga roube u entfüere?

Dass di Sach klarer wird, mues i däich hie no echly i d «Detail» ga.

Wen i ha gseit, es heig mir so öppis wi ne elektrische Schlag versetzt, so isch das eigetlich nume der erscht Chlupf gsi, won i da so unverhofft empfunde ha. Aber sofort isch nachhär, won i da Aaschutz vo elektrischer Energie verchraftet ha, es fyns Gramsele über mi cho, wo düür u düür isch ggange. Dür mi ganz Lyb zdüruuf u zdürab het das aafa handorgele, dass i nümm rächt ha gwüsst, was für ne Sphäremusig da i mir konzärtet?

Es Chutzele u Gramusele isch es gsi, win i das no nie erläbt ha, dihr chöit mer's gloube. Ufdsmal het es kuurligs Gfüel my prosaisch Buebekorpus verzouberet, dass i gmeint ha, i syg gar nümm uf der Wält. Höch über de Wulche bin i gfloge. Alles Gwöhnliche isch wi abgstreift gsi. Es isch eifach nüt meh a mi häre cho, wo mi hätt chönne us myne Tröum rysse u mys Glück vermyse.

Chöit dihr nech echly vorstelle, win i albe heigschwäbt bi, wen i das Zoubertööri wider einisch i der Hand ha gha. Eh, wi isch me denn no mit wenig zfride gsi. I ha doch ke Ahnig gha, dass me so öppisem chönnt säge, mi syg verliebt. Aber genau so öppis het mer dä verflixt Türgriff eigetlich wölle plousibel mache.

Geng wen ig am Madeleinehuus, wo für mi nid es gwöhnlichs Huus isch gsi, sondern es französisches Schloss mit ere Prinzässin drin, verbyggange bi, han i outomatisch der Griff vom Gartetööri i der Hand gha. Nüüt het mer so choge heiss gmacht um ds Härzgrüebli ume als das Ersatzstück vo der heimliche Liebi. es fyns Gianisole wo

No öppis. Dä Zoubergriff het für mys Buebeläbe sogar o ne positivi pädagogischi Würkig übercho. I ha mi nämlich aafa hüete, e Fluech i ds Muul z näh oder süsch blöd oder dumm z lafere, wi's öppe Buebenart isch gsi. Das wär de gar nid i Frag cho. Was würd süsch ds heilige Madeleine derzue säge? So het e luti Stimm mi vor allem Böse gwarnet! De wett doch ds Madeleine nüt meh wüsse vomene settige Schnuderi, han i mi gwarnet. Äs isch de gar es fynfüeligs. – Wi wen i das hätt chönne wüsse!

Dihr gseht, my Schatz, wo ja geng versteckt isch mit mer cho, wil er i mir inne isch gsi, het fasch wi ne Katalysator myni Gedanke loufend greiniget.

Ob i's de nid hätti wölle frage, ob si mi o guet mögi? Chöit dänke! Si hätt ja chönne nei säge, hätt mi chönne uslache. Ou, nume das nid. De wär ja alls kaputt gsi.

I ha se wölle bhalte, u das han i am beschte chönne, wen i das ganze Gheimnis unsichtbar i mir inne ghüetet ha.

Wi het me denn no inere Schynwält inne gläbt. Aber säget nüüt. I ha wohl gläbt derby. U das Chraftmaane vo Madeleines Ysegriff bim Tööri het mi näbe däm, wo mer vori grad gseit hei, ja o animiert, guet z sy i der Schuel.

Vor allem im Französisch han i de Flyss gha u richtig ei Sächser nach em andere gmänätschet. Fasch wi ne Heilige han i mir vorgno, mer emel ja gueti Müe z gä u flyssig z lehre, dass äs sech wäge mir nid müessi schäme.

Dihr gseht: So isch di erschti Liebi vilicht gar nid für nüüt gsi. Vor wiviil Uguetem dä elektrisch Griff mi bewahrt het, isch ja gar nid uszmache. Eis isch sicher: Di Elektro-Therapie isch en einmaligi Medizin gsi, won i sythär chuum meh i där unkomplizierte Eifachheit ha erfahre. U schliesslich isch di Medizin ja o gar ke tüüri Sach gsi. Si isch am Gartehag jederzyt bezugsbereit gsi. Dert han i en Energie chönne tanke, wo Lyb u Seel het uflade. U di Chraftbatterie het us mir e Bueb gmacht, wo sech fräveli het ddörfe zeige.

Übrigens: Dass mer das Gheimnis äntlich – nach emene halbe Jahrhundert – hei gwagt z lüfte, isch sicher kes Sakrilegium. Es isch ja allgemein der Bruuch, dass me nach 50 Jahr d Akte frei git u ds Längscht-Vergangene a Tagheiteri use lat. Nach so langer Zyt cha's gwöhnliaa nüüt Uguets meh aarichte. U wi sött öppis, wo einisch so förderlich isch gsi, später no zum Übel usschla??

No einisch zrügg zum Madeleine. Es isch mit de Jahre es grosses Meitschi worde. Schlank u gross isch si worde, fasch echly mager gnue u fasch echly unproportioniert isch si i d Höchi gschosse. Höch uf de Bei isch si umegstälzet, u wüsst'er, was myni Kamerade für ne Usdruck gfunde hei, für se z benamse?

Mi darf's ja fasch nid säge, un es duuret mi no hütt, dass si myr ehemalige Härzensprinzässin meh u meh e dumme, böse Schlämperlig aaghänkt hei, di donners Süchle. I ha würklich Müe, dervo z rede. Dänket: «Totescheichlere» hei si re gseit. Ach, si het mi feiechly dduuret. Si het doch nüüt, aber o ganz u gar nüüt derfür chönne. Wär sött de öppis derfür chönne, was für ne Gstalt u Figur us emene Meitschi oder Bueb wird?

I sälber wär uf all Fäll nie uf so ne usgfallene u despektierliche Usdruck cho, o we mer das Madeleine je länger deschto weniger het wölle gfalle.

Mit dene Begäbeheite isch es de für mi nümm schwär gsi, äntgültig Abschiid z näh vo mym guete, alte Phantasie-Schuelschatz. Das Pariser Mädi het myni Sinne nümme lang verwirrt, u es isch o Zyt gsi derzue. Ganz vo sälber het sech o dä Gartetürgriff entelektrisiert. Es wär mer i de spätere Buebejahre nid im Schlaf i Sinn cho, mi vomene Ysegriff i ne Schynwält la z verzoubere. Für mys Buebehärz i Schwung z bringe, het's de scho grad echly meh bbruucht, als won i no inere naive Chinderwält gläbt ha. So isch Madeleines Gartetööri wider ganz es gwöhnlichs Tööri worde, u niemer hätt mer chönne yrede, dass da öppis Bsunderigs sött dranne sy.

U doch. Isch's de nid glych e schöni Zyt gsi, wo me no het chönne tröume zmitts am Tag, u wo me no Sinn het gha für Romantik u allerlei Zouberhafts, bevor eim d Schuel mit der Usbildig vom Verstand äntgültig zur chalte, nüechterne Materie zrüggeholt het? Derthi, wo me nume no cha rächne u zelle.

Ds Gruselkabinett

Mir hei wunderbari Eltere gha, o we si nume eifachi Lüt sy gsi.
Si hei Verständnis gha, dass mir Buebe, my Brueder Erwin un i, o einisch öppis Luschtigs, ja sogar e Schabernack hei wölle inszeniere. Mir hei o Kamerade ddörfe ylade. Es sy sogar es paar Meitschi drunder gsi. Jitz isch is i Sinn cho, mir chönnte i der Stube u der Näbestube e grossi Sach ufzie. Mi Brueder het gmeint, es Gruselkabinett wär für dä Aalass grad ds Richtige. «Es Gruselkabinett? Was meinsch da dermit?» – «He, weisch, mir konschtruiere mit Stüel, wo mer mit Wuledechine zue-

decke, u mit Verchleide e länge Schluuch. De tüe mer allerlei gruusegi Gägeständ i das dunkle Tunäll yche. Eigetlich isch es nüüt Gruusigs, aber we me im Fischtere nid weis, was me aarüert u uf was me trappet, de tschuderet's eim dür March u Bei.»
So sy mir a ds Wärch ggange u hei alli nötige Gägeständ füregsuecht. Mängisch isch d Mueter oder der Vatter o no cho u het gseit: «Wär das nid o no öppis?»
We's nech nid gruuset, chömit doch jitz nume yche i üsi Stube u lueget emal, wi üsi Kunschtproduktion usgseh het. Es isch niemerem zuegmuetet, dür das makabere Tunäll düre z schlüüffe. I üsem Alter wär me ja z gross u z umfangrych, für settigs z präschtiere. Nei, aber mit em geischtige Oug einisch en Inspäktion z mache, wär das nid e Plousch?

I zelle einisch uuf, a was i mi no ma erinnere, wo mer placiert hei. I Würklichkeit sy's no viil meh Sache gsi.
Z. B. e trochene, aber o ne nasse *Schwumm,* e drahtige *Schwingbäse,* wo me i der Chuchi dermit het Nidle gschwunge oder süsch öppis. De hei di Herrschafte über ne heissi *Bettfläsche* müesse graagge, uf eir Syte het ne e *Fulehundmaske,* wo vo inne mit ere Taschelampe isch belüüchtet gsi, wi ne Toteschädu eggägeglotzet. De isch ne vo obe e usgstopfte *Händsche* i ds Gsicht ache plampet u het de Passante es gspängschtigs Ähli ggä. Amene andere Ort het es *Metronom,* won i uf mym Klavier als Taktaagäber ha bbruucht, tygget, u wyter äne het e *Wecker* tschäderet. De sy si ufdsmal i nes *Netz* verwicklet worde. Es isch e *Kommissionetäsche* gsi, mit Schnüer gflochte.

Chalti u nassi *Garnfäde,* wo vo obe wi Yschfäde inere Tropfsteihöli gwürkt hei, sy im Passagiertarif inbegriffe gsi. De hei mer *Stäbli,* wo vorne zuegspitzt sy gsi (vom Stäblispiil), zämebbunde, für ne Igel z imitiere. Natürlich het als bsunderi Attraktion o ne gschliferigi *Seife* häre ghört, de sy ufblasnigi *Luftballön* gsi, wo bim Druftschalpe verchlepft sy. Es poröses *Seckli,* wo Mähl drus gsücheret het, isch emel o derby gsi. De hei mer fluumigi *Angorawule* chönne uftrybe, wo im Fischtere aazrüere u nid z wüsse, was eim da strychlet, e chutzelig-tschuderegi Würkig het gha. Für Abwächslig isch uf all Fäll gsorget gsi. De wider einisch öppis Nasses, e nasse zämegwuuschete *Fäghudu,* wo isch aazrüere gsi wi Pfludi. Natürlich si überall *Ärbsli* gströit gsi, dass d Chnöi bim Schnaagge o öppis hei dervo gha. E *Bürschte* het uf der einte Syte e Chräbu ggä u ne *alti Perügge* uf der andere Syte e haarigi Begägnig gschänkt, dass es eim gramuselet het bis i d Zeejen abe.

Allzu läng het me dä Horrortrip nid ddörfe mache, süsch wär di ganzi Sach fasch öppis Normals worde, u zum andere isch is natürlich platzmässig i de beide Stube e Gränze gsetzt gsi. Churz u ereignisrych, zackig u chratzig het di Yrichtig müesse sy, für di Gmüeter i Hochform z bringe.

U richtig! Hättet dihr das Ggöiss vo de Meitschi ghört, das vermöikte Lache u verwunderete Usrüeffe vo de Giele: «Was cheibs isch jitz das wider? – Ui, das sticht jitz cheibemässig... Äh, dä gruusig Pfludidräck...»

Die, wo di Gruselpassage no vor sech gha hei, hei bald müesse lutuse lache, bald aber sy si abgschreckt worde, sälber drahi z gah. Aber es het müesse sy. Me het niemer chönne dischpensiere. Im Stille het's o jedes wundergno, usezfinge, was de da eigetlich alls isch bbeizt worde. Schliesslich isch me ja zwar nid ganz ohni Chlupf u Schreck, aber doch mit em Läbe dervo cho.

De het's natürlich o no chlyni Pryse ggä für z animiere. Di Konkurränte hei nämlich am Schluss di Gägeständ müesse namse u ufzelle. Wär am meischte richtigi Sache het gwüsst z vermälde, het gwunne.
Am Schluss het me emel no einisch vo Härze müesse lache. Es isch fasch ungloublich gsi, dass eso harmlosi Sache wi ne nasse Schwumm oder e gwöhnleche Fade eim i der Fischteri, we me meint, es syg öppis Makabers, eso chöi i ds Bockshorn jage.
Zu där Zyt het me no kes Fernseh gha. Me het sech süsch chönne vertöörle. Me het zäme es Spiil gmacht. Me het öppis unterno, wo di eigeti Phantasie i Bewegig gsetzt het u mi het sech köschtlich derby chönne amüsiere. Vilicht no besser, als we jedes Einzelne passiv ine Chaschte yneglotzet u mängisch Sache mues luege, dass me im Schlaf no i Schweiss usbricht.

Ob denn alli guet gschlafe hei, weis i zwar nümm. Aber meh als es stills Ergötze bim Tröume cha's chuum gsi sy. U settigs het me dänk öppe no chönne i Chouf näh u verantworte.

Pfylebögele

Trrrümtede, ... trrrümtede, ... trrrümtededüdedüm ... So het's albe am Usschiesset dür d Houptgass düre gchesslet. Vorzueche isch ds Gmöögg vo Hunderte vo Chinder ggange, wo em alte Thuner Hofnarr vom Karl em Küene «Fulehung, Fulehung» nachebbrüelet hei. Dä het de mit syne Söiblaatere um sech gwääit u Schleeg usteilt, dass es dumpf uf de Chöpf tönt het u zähmal stercher vo de Fassade vo de rychgschmückte Burgerhüser zrügggechoonet het. Ei Lärm u eis Ghetz u eis Gjascht isch uf de Strasse gsi, Tambure u d Musig sy dür d Houptgass abezoge für uf em Rathuusplatz ufzmarschiere. Ds Kadettecorps mit de rotwys dekorierte Schärpe vo de Offizier u Underoffizier isch derhärcho, Stadtschütze mit ihrer Fahne, u ganz zhindersch u zletscht sy de no Froue mit Chinderwägeli u chlyneri Chind nachegjogglet. Wär Füess het gha u ne Thuner isch gsi, oder zu de Ehemalige ghört het, isch am Schlussumzug nach em Gesslerschiesse derby. Es isch no hütt eso. Mängisch sy di Zueschouer so dick am Trottoirrand gstande, dass der Fulehung, wo am Usschiesset alles andere als e fule Hung isch gsi, drygschlage het, dass der Umzug überhoupt het düremöge. Wi ne Polizischt het är für freiji Bahn gsorget. Wi der Herbschtwind isch er dür d Reie gchuttet, het umegfuchtlet, dass es nume so gstobe het, bald uf der rächte u de wider uf der lingge Syte. Alti Müeteni oder chlyni Chind, Stadtoutoritäte oder eifachi Bürger, da het's bim

Fulehung ke Unterschiid ggä. Alli hei di glyche Söiblaatere uf ihre Thunerschädu verwütscht u dert müesse la umetanze. Weh het's ja nid ta, aber gchesslet u dröhnt het's ... zäntume.

Einisch isch eine derby gsi bi der Musig, der Kadettemusig, wo mit der Flöte, em Piccolo, obenuus trilleret het. U dä eint isch no eine vo de jüngere u chlynere gsi, aber mit emene Stolz isch er dür die Gasse gmarschiert, dass er sech fasch nümm het gspürt. Es het ihm d Füess vo sälber glüpft, u am liebschte hätt er sys Pfyffeflötli i d Täsche gsteckt u lutuse «juhui» grüeft. Er het sy übersüünigi u überglücklechi Fröid fasch nümm chönne im Zügu ha.

We jitz eine fragt, warum i de das so gnau wüssi, chan i

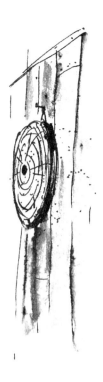

nume säge: «Das weis i dänk am beschte», wil dä eint niemer anders isch gsi als i sälber. We me wyter fragt, was es mer de eigetlich heig ggä, dass i da wi ne Halbbeduslete dür d Reie plampet syg, chan i nume wider us innerer Überzügig zrüggä: «He, wil i myni guete, ehrliche Gründ derzue ha gha. Süsch loset doch»:
I ha nämlich als Sibetklässler, wo me bi de Kadette denn zerschtmal es Gwehr het chönne fasse, e Chranz usepülveret. Mit emene Lorbeerchranz uf em Kadettedschäppi bin i d Stadt ab gstolziert. Jä, u das isch de e verdieneti Sach gsi.
Im Schützestand Zollhuus usse sy mir uf 200 m Dischtanz poschtiert gsi, wil die Kadettegwehrli e beschränkti Rych-

wyti hei gha. Im ganze het me 10 Schüss i d Schybe dörfe bänggle. Zwe Probeschüss zum voruus hei nüüt zellt. Si hei derzue ddienet, ds Chorn u ds Visier z richte u sech yzschiesse. Das isch aber i mym Fall e schwirigi Sach gsi. Bi de Probeschüss han i linggs unde e Zwöier troffe, mit Abkorrigiere bim Rächtsufeziile het's e Dreier ggä, geng no linggs unde. Was jitze? Am Chorn u Visier umenifle wär e grysggierti Sach gsi. Es hätt z viil Zyt bbruucht. Es isch mer nüüt anders übrig bblibe als mit Ziile gäbig rächts ueche z ha. Mit däm Verfahre han i de bim erschte gältende Schuss e Vierer tunzt. Geng no starch unde dra, wider linggs. Derzue isch jitz no der Näbel cho u het zytwilig d Schybe überhoupt verdeckt. I weis es no, wi we's geschter wär gsi. Mit mym Rächts-ueche-Ziile bin i schliesslich im Nummero vo der Schybe, es isch Zahl 20 gsi, glandet. Anstatt grad unde schwarz sächs z ziile, wi's wär richtig gsi, han i unde bim Null vo der Schybezahl 20 müesse häreha für e Vierer oder e Föifer z preiche. Hei isch das denn e aabetüürlichi u gwagti Ziilerei gsi … u doch: ei Schuss nach em andere isch am Schybestand mit em rote Fähndli zeigt worde. E Passage vo zwe Vierer u acht Füfer isch wi im Schwick düregloffe, i ha nid gwüsst wie. E Portion Glück isch da natürlich trotz aller Aasträngig u Bemüehig scho derby gsi. Wo me zämezellt het, isch me uf – i ha's fasch nid chönne gloube – uf valabli 48 Punkt cho. 50 wär ds Maximum gsi. Mit däm Resultat bin i denn der Zwöit gsi, nach eim, wo sogar 49 Punkt usetunzet het. Als Zwöitbeschte bin i aber o berächtiget gsi, mit emene Eichechranz dekoriert z wärde. Derzue han i no ne schöni Gab chönne behändige, wo ne Koufme vo der Stadt äxtra für e zwöite Rang gstiftet het. Bim erschte Rang het's en obligati Uhr ggä, wo ne Thunerverein z Bärn all Jahr gspändiert het. Di schöni Gab, won i vori aagseit ha, isch de es Chleid gsi mit zwöi Paar Hose, e Massbchleidig, won i nach myne Wünsch ha chönne useläse. En Uhr han i denn gha, drum isch mir das Chleid viil chummliger cho. Jahrelang han i dä Aazug am Sunndig aaglcit, u jedesmal het's mer derby di alte stolze Siiger-Gfüel uferweckt. Übrigens han i o di beide wytere Jahr wider e gueti Preichi gha u jedesmal e Chranz usegschosse, einisch im Summerschiesse mit drei Konkuränze (30 Schüss) u ds anderemal wider am Usschiesset.

Di Siige sy eim aber nid eifach so i Schooss gfalle. Hinder däm jugendliche Erfolgserläbnis im Sport isch viil Vorbereitig u Usduur gstande. I ha nämlich es Bolzegwehr gha deheime. Mit däm han i fasch all Tag im Chäller unde güebt. «Üb Aug und Hand fürs Vaterland», het's denn albe gheisse. Das het's äbe bbruucht. «Übung macht den Meister.» O das het sech erwahret. Öppis wo eim Erfolg bringt, macht natürlich Fröid. U d Fröid isch de wider en Aatriib gsi für nachhaltigi Aasträngige u nid luggzla, für chönne z gwinne.

Ds Ganze isch natürlich o erzieherisch vo Nutze gsi. Es het mer zeigt, dass sech der Ysatz lohnt, u i ha d Warnig «ohne Fleiss kein Preis» geng vor mer gha u behärziget. Vo nüüt chunt nüüt.

Aber mir müesse bi allem no wyter zrüggga. Di Schiesserei het nämlich scho lang vor em Bolzegwehrschiesse aagfange. I ha myni Schuelferie meischtens z Zwöisimme bi der Grossmueter dörfe verbringe. E herrlichi Zyt. Im Burehuus hei eim d Grossmueter u zwo ledigi Tante nach Note verwöhnt, u der Unggle Hans, äbefalls ledig, isch mit sym humorvolle u guetmüetige Wäse geng echly e Spassvogel u Lusbueb gsi. Wi het er sech doch chönne mit üs Junge vertöörle. Me het ihm albe näbe der Burerei o i der Seilerwärchstatt ghulfe mit em Seili-zämedrääje. De het me aber – für z verschnuufe – zwüscheyne usgibigi Pouse gmacht u di Pouse mit allerlei Spiil u Kurzwyl usgfüllt.

Einisch het der Unggle vonere Haslere e Ruete gschnitte, het se zumene Boge gchrümmt u mit ere Schnuer verbunde. Derzue het me ne starche u grade Haselstäcke useghoue, wo me vore e spitzige Nagel drufmontiert het. A der Holzwand i der Seilerbudigg inne het me Kreise yggritzt für ne Schybe z übercho, u scho isch alls bereit gsi. Ds private Schützefescht für die zwee Konkuränte het chönne losga. Eh, isch me da albe i ne Lydeschaft ynegraate, o we's um nüüt ggangen isch. Stundelang het der Unggle sech Zyt gno, für mit mir zäme z pfylebögele. De hei mer de ufgschribe u gluegt, wele besser?
We der Unggle d Arbeit, won er sich vorgno het, verrichtet het, het's de gheisse: «Chumm, mir wei non echly pfylebögele.» Das het er mer nid zwöimal müesse säge. Üsi Pfyleböge sy geng parat gläge u hei, we me se hätt chönne frage, o geng fasch nid möge gwarte, bis me se i d Hand gno u gspannet het. Mi cha sech hütt chuum meh vorstelle, wi gmüetlich me's denn het chönne näh. Der Unggle het desswäge nie a Mangel glitte. Won er gstor-

ben isch, het me nume müesse stuune, dass er mit sym Bureheimetli u der Seilerei, won er als Näbeverdienscht no het betribe, feiechly es Vermögeli het zämebbracht.

I ha mängisch ddänkt, settigs gieng hütt uf ke Fall meh. Di brave Hälslige u d Höitüecher, won er de nach em Fyrabe albe däne im Huus i der Chuchi bim gmüetliche Aabesitz gchnüpft het, wärde scho lang nümm vo Hand gmacht. Für das git's Fabriggbetriibe. Höitüecher, wo mer albe no bbruucht hei, füre sogenannte «Bünggel» voll mit stächige Halme chychend, schwitzend u puschtend uf em Rügge i ds Tenn ycheztrage, git's scho lang nümm. Ds Höi wird hütt uf em Fäld maschinell bbündlet u mit em Traktor ygsammlet.

Ob übrigens d Maschineseili vo der Fabrigg no so währschaft sy wi denn, wo me se no i der Wärchstatt vo Hand zämedrääit het, isch ehnder z bezwyfle. Anstatt Hanf mues däich o Nylon drygmischt sy, dass es emel de het. Ds Gmüetliche u Gmächliche isch längschtens verby. Hütt heisst's «Tempo-Töifel». Nume no so cha's rentiere. U ds Pfylebögele? Üses gueten alte Pfylebögele! Wär chönnt de emene settige Blödsinn hütt no nes Vergnüege abgwinne? Oder isch öppe us üsem alte Chräftemässe bim Pfylebögele viilerorts es Ellbögle worde, e gnadelose Konkuränzkampf?

Mues me da no frage, was de sympathischer isch?

Ade du alti, schöni Wält, wo me sech's no het chönne leischte z pfylebögele. Aber eis lö mer is de glych nid la näh: e chlyne Schwick nostalgisch däne «Tempi passati» nacheztröime. Es isch für mi schliesslich der Aafang gsi vo mir Schützekarriere, u i weis nid, ob i ohni dä Yfer, wo mer scho denn bim Ziile entwicklet hei, je zu Chranzehre wär cho. Es het äbe alls sy Grund, u mängs fat im Chlyne aa, ganz unde. Scho der Gotthälf het das gwüsst: «Im Kleinen liegt oft Grosses, in scheinbar Unbedeutendem eine ganze Lebensrichtung.» («Käserei in der Vehfreude» S. 469)

Ds Thysi, e Maa ohni Gring

Der Unggle Fritz isch der Maa vo myr Tante gsi. D Eltere hei ne synerzyt als Götti für mi userwählt. Er isch e Pöschteler gsi u het als Brieftreger bis zu sym achtevierzigschte Altersjahr tröi sy Bruef usgüebt. Dür ne Schlaganfall isch är rächtsytig glähmt gsi. Di Lähmig het sech aber uf enes erträglichs Usmass zrüggbildet. Der rächt Arm u bsunders di rächti Hand sy chraftlos gsi. Drum isch är früezytig pensioniert worde. Mit syr Ränte u vo de Ynahme vom eigete Zwöifamiliehuus het är, zäme mit syr Frou, üser Tante Greti, ganz gäbig chönne läbe.

Natürlich hei syni Ykünft zur Sparsamkeit gmahnt. Das isch däm chinderlose Ehepaar nid schwär gfalle. Si sy vo Huus uus gwöhnt gsi, der Franke zwöimal zdrääje, bevor si ne hei usggä.

Dür täglichi Spaziergäng het sech der Unggle Fritz körperlich fit ghalte. Uf syr Tour isch är regelmässig bi üs a der Alpestrass verby cho, u my Mueter, wo für alli Lüt en offeni Hand u nes früntlichs Wort het gha, het der Unggle nie ohni es Tasseli Gaffee zur Tür us gla. Es isch jedesmal e Fröid gsi, we üse Unggle ufgchrützet isch. Bim Cho u bim Gah het er eim di linggi Hand zum Gruess aabbote. I der lingge Hand het sech nämlich alli verloreni Chraft us der rächte gsammlet. Es het ihm jedesmal grosse Spass gmacht, di verblibeni Bärechraft vo syr lingge Pranke la z gspüre. Er het eim albe di eigeti Hand fasch wi ne Zitrone usquetscht, u zum Goudi het er eim de di ygschlossni Hand minutelang nümm la gah. «Gäll, i ha emu no Chraft. Hesch se gspürt? Hä, hä, hä, gäll he, i ha dir's zeigt!» – «Oi, la mi los Unggle, du verdrücksch mi ja fasch.» – «Ja gäll, i mues halt echly chrafte, dass de gsehsch, was i no cha.»
Di Chraftprobe sy bim Unggle Fritz obligatorisch gsi. Ohni das Abwääge vo syr verblibene Manneschraft isch me nie dervo cho, u statt über ds Wätter het me de geng wider dervo gredt, dass sit sym Schlegli e wunderbari Chraftverlagerig stattgfunde het.
De het me ne de müesse rüeme: «Ja, ja Götti, hesch ja e Chraft wi ne Riis, i gspüre se bis i Zeejen abe.» Dermit isch d Wält für üse Unggle wider i der Ornig gsi.

Glücklicherwys isch är vor wytere Schlagaafäll verschont bblibe. Er het sogar es höchs Alter erreicht, u der Liebgott het ne emel nid vor em achzgischte Jahr us em irdische Läbe usegno. E bsundere Aalass für d Begägnig mit der Tante un em Unggle us der Kasärnestrass isch de albe d Wienacht gsi. Mir hei üsi Wienachtsfyr nie ohni di beide liebe Aaghörige gfyret. Gäge di föife am Aabe sy si de derhär cho. Mi Brueder Erwin un i hei de albe müesse ga glüüssle, ob si nid bald chöme. We si zur Tür ycho sy, hei nämlich d Cherze uf em Tisch müesse brönne, u ds unentbehrliche, unvergässliche wunderschöne Wachsängeli am lüüchtende Advänstchranz het syni Fröidetänz scho aagfange, sobald es vo den erwärmte Luftström vo de Cherze isch i Schwung gsetzt worde. Di flyssige Mueterhänd hei alles mit Liebi parat gmacht, dass – we de Springs chöme – ds Fescht cha aafa.

«Gang ga luege, chöme si ächt no nüüt? Was isch ächt das, dass si hüür so spät dranne sy?» het de d Mueter albe echly ungeduldig gfragt. Si het halt fasch nid möge gwarte, für di ganzi Herrlichkeit i der Stube la zur Gältig z cho: Der schön duftig Chriisschmuck mit der Wienechtsglogge, wo nes verchehrt ufghänkts, silbrig gsprützts Mejehäfeli – mit Gloggechalle natürlich – dargstellt het, het mit eifache Mittel e feschtlichi Stimmig härezouberet. Derzue all di kulinarische Köschtlichkeite, wo under anderne Herrlichkeite regelmässig di obligati Bûche de Noël us em Waadtland, vonere Gotte gspändet, der Tisch gschmückt het. Ds Chriis, wo zur Dekoration ddienet het, isch äbefalls wyss überzuckeret gsi u het e winterlichwienachtlichi Stimmig i ds Huus bbracht.

«Si chöme, si chöme!» Mit däm Ruef het de der Vatter mit Zündhölzli u brönnende Cherzli gwaltet u derfür gsorget, dass alli Liechter hälluuf brönne.
«Dihr syt spät», het's tönt. «Ja», seit d Tante, wo geng so natürlich fröhlich u uflig derhär cho isch, «my Sämeli», so het si ihrem Maa, em Fritz, gseit, für echly ds Trappige dermit uszdrücke, «my Sämeli het halt der gwohnt Spazierwäg wölle abtrappe. Meinet dihr, i hätti dä derzue bbracht, uf chürzischtem Wäg dahäre z cho. Nei bi Goscht, är het halt sy Chopf u syni Wäge. Di het er fasch outomatisch i de Beine, u ke Gwalt cha ne da dervo abbringe.»
Di ganzi Begrüessigszeremonie isch jedes Jahr genau glych abgloffe, u es hätt eim öppis gfählt, we dä Uftakt anders wär gsi. Es sy d Präliminarie vo der ganze Fyrlichkeit gsi, un es het eim gheimelet, geng wider di vertroute Tön z ghöre.

Vor em Ässe het de üsi Mueter d Wienachtsgschicht us em Teschtamänt gläse. De isch der Unggle Fritz als eltischte vo der Familie dra cho mit em «Unser-Vater-Tischgebät». Für das het üse Unggle sech de Zyt gnue gno. Längfädig het er jedi Silbe betont, het wider abgsetzt für chönne z verschnuufe. My Brueder, der Erwin, un i hei albe nid gwüsst, ob er ächt no im alte Jahr mit sym Unser-Vater zschlag chömi. Es het is albe fasch verchlepft. Mir hätte eigetlich am liebschte lut useglachet, was mer natürlich us Reschpäkt vor der Sach u vor em Vortragende, win es sech gschickt het, hei müesse verchlemme. D Eltere hei hingäge mit Rächt dranne feschtghalte, mym Götti d Ehr z gä u ihm ds Tischgebät z überla. Später han i mängisch müesse a di ehrfürchtig bedächtigi Art vom Unggle Fritz sym Unser Vater dänke, we öppe inere Chilche ds Herregebät so isch abegschnablet worde, quasi als öppis, wo halt mues sy, aber wo me ja sowiso scho gchennt. Won i später du sälber uf der Kanzle gstande bi, han i mer geng Müe ggä, fescht Sorg z ha zu däm herrliche Muschtergebät, wo i churze Worte ds Wichtigschte zur Gältig bringt. I ha mer geng gnue Zyt gno derzue, dass es nie mechanisch abegleieret isch derhärcho. Es isch mer dra ggläge gsi, gsatzlich und mit richtiger Betonig di Bitte vorzbringe, dass me merkt, es isch eim ärnscht dermit.

Der Höhepunkt vo däm Wienachtsbsuech vo Tante u Unggle isch aber ersch gäge Schluss vo der Feschtmahlzyt cho. Vor em Dessär u em Gaffi het's e Pouse ggä. D Froue hei i der Chuchi ds Wytere zwäggmacht, der Vatter isch ga hälfe Nydle schwinge, u der Brueder isch äbefalls zunere Handrecki abdelegiert worde.
Das isch der Momänt gsi, wo der Götti un ig alei sy i der Stube gsi. Der Momänt oo, wo es heimlichs Zeremoniell het stattgfunde, wo scho syt Jahre so üeblich isch gsi. Der Unggle un ig sy uf em rote Plüschkanapee gsässe, u de isch es nache gsi. Götti Fritz het mit de Worte i d Chuttetäsche greckt: «Weisch, i ha drum da öppis?» Das han i gnau gwüsst. Es isch es Briefcouvert gsi mit zäh Franke drin. D Mueter het mer aber Kunzine ggä, i söll vor em Unggle Fritz nüüt derglyche tue u em Götti der Triumph vo der Überraschig la. Er heig de Fröid, we ds Ganze wi

ne einmalige Höhepunkt würd usgseh. Bi sym Sparyfer, wo vo der Angscht isch diktiert gsi, es längi nid, isch är schuderhaft e Zämehäbige worde. Ds grosszügigere u getroschte Zuerede vo der Tante, si heige de geng no meh als gnue, het nöije nüüt bbattet (abtrage). Drum han i uf d Frag: «Weisch, was i da ha?» gemäss Instruktione gantwortet: «He nei, Götti, wi sötti das wüsse?» – «Ja weisch, es isch öppis ganz bsunderigs. Häb emel de Sorg derzue u bruuch's nid grad.» – «He natürlich, Götti, muesch ke Angscht ha.» – «Weisch, das überchunsch de nid all Tag.» – Dermit het er, wi scho geng, we mer a der Wienacht zäme uf em rote Plüschkanapee gsässe sy, sys Gschänkcouvert us der Chuttetäsche zoge u het's vorsorglich afe i di anderi Chuttetäsche gstosse. Es isch ihm cheibemässig schwärgfalle, sech dervo z trenne, u er het mi fasch echly dduuret. «Tue's emel de guet verstecke. Wo tuesch es ächt hi?»

Dermit het er ds Couvert wider vürezoge, aber nume für's no einisch i di anderi Buesetäsche z stecke, won er's vorhär gha het. «Säg emel de niemerem, wo d's hesch, gäll.» – «Sicher nid, Götti.» – «Also, so sä, da hesch es. Aber weisch, verlier's de nid.» Mit där obligate Ustuuschliturgie het sech de dä Handel vollzoge wie eh und je. Eigetlich e beluschtigendi Szene.

U richtig. Im Couvert sy de all Jahr wider di zwe Füfliber gsi, wo natürlich denn no ne höchere Wärt hei gha als hütt. I ha gwüsst, dass d Tante regelmässig, we's uf Wienachte zueggangen isch, em Unggle der Füfliber uf ehrewärti zäh Fränkli ufegmärtet het. Si het gfunde, emel sövel vermög er de sauft z gä. Süsch wär's de doch echly myggerig. Är söll sech doch nid la lumpe, we me de scho es schuldeloses Zwöifamiliehuus heig u dernäbe no nes schöns Vermögeli u all Monet e bescheideni, aber regelmässigi Rente. De göng me de ersch no i d Alpestrass ga ässe wi ne König z Frankrych. U schliesslich syg Wienachte nume einisch im Jahr.

Üsen Unggle isch trotz sym Chopf, won er punkto Spazierwäge het gha, süsch gar e freine Maa gsi u voll Güeti, u uf syr Frou, em Greti, het er de gar viil gha. Drum het d Tante ke Zwyfel gha, dass ihre Fritz ds Göttigschänk für Wienachte so dotiert, wi si's ihm scho Wuche vorhär prediget het. Für emel ganz sicher z sy, het si zwüsche Tür u Angel bim Abschiid geng no d Kontrolle gmacht u gfragt: «Gäll, es sy doch zwe Füfliber drinne gsi?»

Öppis isch geng echly schad gsi, aber mi het sech schliesslich dra gwöhnt: Der Unggle Fritz het sech nämlich geng punkt em Nüüni am Aabe verabschidet. Proteschte sy vo allne Syte cho. Jitz, wo d Tante zmitts am Erzelle vo luschtige Gschichte us em Oberland ersch rächt i Gusel cho syg, chönn me doch nid Fyrabe mache. Aber es het nüüt abtrage.

Niemer het der Unggle vo sym Drang chönne abbringe, schnuerstracks heizue z zottle. Nid emal en Ängel hätti das zstandbbracht. Schnuerstracks heisst aber nid öppe, dass er sy Heiwäg uf der kürzischte Route ygschlage het. Bewahre. Der Unggle het Wäge gha, wo ne ke Majeschtätsperson derzue bbracht hätt, se z beschrytte. Nume alterprobti Umwäge, won er bi syne Spaziergäng geng u geng wider gmacht het, sy guet gnue gsi für ihn. So het er halt sy Fahrplan gha. Mängisch sy mer fasch echly ulydig worde, dass dä Abschiid so abrupt het müesse sy.

Trotzdäm het d Tante no nes Zytli munter wyter erzellt, u mir sy voll Spannig gsi, we de di altbekannte Gspängschtergschichte vo früecher no uf ds Tapet sy cho. Mir Buebe hei albe d Bei nümm dörfe a Bode stelle, hei se halb ufe Stuel ufe zoge. So hei mer zitteret. U doch hein is die Schouergschichte geng wider nöi fasziniert, un es het is fei tschuderet bim Zuelose. D Tante isch de ne usnähmend unterhaltendi Erzellerin gsi, het sälber mit Lyb u Seel mitgmacht. E Schouspilere hätt's uf ke Fall besser chönne. Hei, het üs das albe dür March u Bei abe gelektrisiert, bis i d Zeejen use ...

Mir hei geng so wohl gläbt derby, dass mer albe chuum hei möge gwarte, bis di nächschti Wienacht wider nache isch gsi. Fasch meh als alle Päcklichraam isch ds Erzelle vo üser Tante der Höhepunkt gsi vom ganze Fescht.

Tante het d Gnad gha, höch i ds Alter z cho u im Geischt geng no rüschtig u läbändig z sy. Jahrelang isch si, altersmässig langsam gäge di Nünzge zue, jede Tag eifach uf ihrem Kanapee gläge. D Schwechi het ere nümm erloubt, grossi Sprüng z mache. Ihre Geischt u di ufligi, fröhlichi Fabulierkunscht, het si nid verlore. Sogar ihre Wunsch, äntlich vo de irdische Bräschte erlöst z wärde, het si mit emene Aaflug vo Humor zum Usdruck bbracht u zmitts im Erzelle gseit: «Ach, i mues däich jitz bim Herrgott ds

Stärbe aambegähre.» – «Nüüt, Tante Greti», hei mer de abgwehrt, «dihr syt ja no ganz rüschtig u mir hei nech no nötig u wei nech nid la gah.»
Ihri Wort sy üs über alles use wärt u choschtbar gsi, u vo allne Syte het si geng viil Bsuech gha.
Wo si du doch eines Tages ihre Geischt i Gottes gueti Hand het ddörfe lege, het's is ddünkt, jitz syg üs e ganzi Wält underggange... Aber einisch mues es halt sy, u si het's ja sälber erbblanget.

Unvergässlich isch mer vor allem ei Gschicht bblibe, wo si geng wider mit bsunderem Vergnüege erzellt het. Lö mer doch di Gschicht als Aadänke la stah. Si söll als Zämefassig für viil anderi unvergässliche Begäbeheite gälte: Gschicht vom Thysi.
Dä Thysi isch eigetlich e Matthys gsi. Bi de Lüte, wo ne gchennt hei, het er eifach abgkürzt Thysi gheisse.
Da syge d Chind vo üsem Grosvatter Abraham Küenzi – es sy füfi gsi – inere Alphütte obe gsi. Gägen Aabe syg eine underueche cho mit emene Räf uf em Buggel. Dihr wüsset doch no, was es Räf isch gsi. Öppis ähnlichs wi ne Hutte. Es isch aber eifach e Holzrügge gsi, obe abgschreeget mit emene Ladli, dass me o mit em Chopf no zuesätzlich zu de Achslerieme d Lascht het chönne trage. Under em Chopfladli isch de es Pölschterli befeschtiget gsi, der Chopfform gäbig aapasst.
Jitz isch einisch gägen Aabe, wo's scho echly yddunklet het, e Mano vom Dorf underueche derhär cho, eine mit emene Räf u allergattig Ruschtig druff ufbbunde. Da sy di Chind, wo i ihrer Gspängschtergschichte-Phantasie uf

allergattig Unghüürigs sy ygfuchset gsi, der Meinig gsi, da chömi eine ohni Gring. Vo wytem het's würklich echly so usgseh. Ds Räf het der Chopf abddeckt. Ds ganze Bild het tatsächlich der Aaschyn erweckt, es chömm da eine cho z schuene, wo der Gring deheime gla heig.

Wi Chind sy, si nähme no gly einisch d Phantasie für Würklichkeit. So sy di Chind ine grossi Angscht ynecho. U was mache si? Si schlüüffe der Mueter hantli undere Rock wi di chlyne Hüendscheni under d Fädere vo der Gluggere u fö aa gränne: «Mueter, Mueter, da chunt ja e Maa ohni Gring!» – «He, dumms Züüg», heig d Mueter begüetiget, «heit doch nid Angscht, Chind, das isch ja nume ds Thysi. Dä bchennet dihr doch.»
Da het's däne ygschüchterete Sprösslinge, wo sech no am Chuttefäcke vo der Mueter wi amene Rettigsseil hei gha, aafa wohle. «Isch es de sicher nume der Thys?» So sy si vorsichtig u langsam a d Heiteri vüre ddäselet. Wo der Thys vor ihrer Hütte abgstellt het, heige si sech grad sälber chönne überzüge, dass es ne isch, der Thys. «E ghaarige Dudel», het Tante albe no gseit, syg er gsi. Allwäg o so – pur u nature – es urwältlichs Unghüür, fasch no gförchtiger als under sym Räf. Aber äbe de dütlich chennber u gwüss nüüt z schüüche: ds alte bekannte, harmlose u geng echly witzige Thysi, wo geng alli heig z lache gmacht u gwüss nie öpper z gränne. «Däich wohlöppe», het er.

Liebi Läser, e Maa ohni Gring? Das de doch also nid grad. Aber Gringe, wo weder Verstand no Vernunft drususe chunt, das de gar wohl. U me hätt allwäg no Müe, se z zelle.

Nollum rollum Gitrum!

Was söll ächt jitz das wider? Warum cha me de nid o dütsch rede? Dütsch u dütlich? D Überschrift, wo der gläse heit, het äbe ihre Grund. Üsere drei Kamerade sy als Prögeler z Thun vomene vierte Kamerad geng echly ghänslet u uf d Gable gno worde. Dä viert Kamerad, vo däm i hie nid gärn der Name tue nenne, isch halt us bessere Kreise cho. Sy Vatter isch e Thuner gsi, wo öppis het z säge gha. Sys Huus isch e Palascht gsi mit entsprächendem Umschwung.
U jitz het dä viert Kamerad geng höch aaggä, wi sy Vatter mit ihm tüeji rede. Bständig isch er mit Frömdwörter derhär cho u het de Fröid gha, we üsereim us däm Chuderwälsch nüüt het chönne mache. Mir syn is regelrächt als di Dumme vorcho. So het är di höcheri Stellig usgchüschtiget u gnosse; mi het ihm's vo wytem aagmerkt. Öppis Süffisants het er um d Lippe gha. Het mit gwählte Usdrück um sech gschlage u mit sym Spezialvokabularium z verstah ggä, dass mir andere ihm nid chöni d Füetteri gä. Mit erhabener Pose isch er derhär cho. Geng het er vo sym Vatter gredt, wo halt öppis gsi isch u öppis chönne het u öppis gha het, wi niemer süsch. Er het e regelrächte Vatterkomplex gha.
Mit der Zyt cha de eim so öppis scho echly uf ds Gäder gah. Üs andere het's ddünkt, o we mir us bescheidenere Verhältnisse chömi, wäge däm syge mir jitz emel o Prögeler; u vo wägem Chönne i der Schuel, heig de dä

Plagööri üs nüüt fürzha. Im Gägeteil. Später het sech zeigt, dass er zwöimal dür d Matur gflogen isch. Ds dritte Mal het er se nümm chönne widerhole. Immerhin het er's später im Militärdienscht zum Offizier bbracht, u o süsch het er mit em Hürate u mit em Bruef no unerchant viil Glück gha. Natürlich mag me ihm das vo Härze gönne. Beides het da enand zwäggholfe. Wen er nid wär Offizier gsi, wär er chuum i di Gägend cho, won er sy Frou gfunde het, u mängisch cha en ufgstellti Frou us emene Mano, wo uf sym Wäg echly gstolperet isch, no ungeahnti, verborgeni Chräft fürezoubere.

No zu Buebezyte – als Prögeler – hei mer üs aber syni Überheblichkeite, wo ner sälber chuum gmerkt het, nid eifach la biete. Mir hein ihm sy Grössewahn no gly einisch verleidet, dass es e Gattig het gha.

Es isch nämlich eim vo üs i Sinn cho, mir chönnte doch däm Protzi gägenüber o nen Art Gheimnistuerei aawände. Mir chönnte en Art e Gheimsprach erfinde u Aaspilige underenand mache, wo dä Patrizierpössu de ke Ahnig dervo hätt.

So hei mir einisch es Wuchenänd inere Alphütte ob Frutige obe verbrunge. Vo dert uus sy mer a der Niesechetti no ne Bärg ga bestyge, ds Steischlaghorn. Bim Abecho im Wald het eine vo üs ohni z wölle e Stei losgrisse, wo under sym Fuess z dürab gröllelet isch. Es Gatter, wo mer hei müesse passiere, het dä Stei gstoppet. Ufdsmal seit eine vo üs: «Giele, wär jitz das nid glatt, we mir irgend e Blödsinn, won is übere Wäg louft, inere Gheimsprach würde enand zuerüefe, we de der Palascht-Protzi wider wi ne Goliath chunt u hööch aagit? Zum Byspiil äbe grad, was mer vori gseh hei bi däm Stei. E gheime Slogan wär vilicht: ‹Nollum rollum Gitrum!› Das wär e vulgär latinisierti Form vo däm Stei, wo isch i ds Rolle cho u wo bis fasch zum Gatter abe ggangen isch.» E fertige Blödsinn. Aber grad e settige het's bbruucht. «Suber, das wär's doch, Giele! Chömet, mir wei's grad echly üebe.» Vo denn aa het der eint em andere zuegrüeft: «Nollum rollum...» «Gitrum!» het der ander zrügggä. «Nollum rollum Gitrum», so der dritt inere andere Tonart. Fasch wi nes Lied hei mer's gsunge. Bis uf Thun abe hei mir Velopedaler vo Frutigen obenabe i fröhlichem Überschwang gsinniert u gjubiliert: «Nollum ... rollum ... Gitrum.» – «Aber äbe de gitrum, me chönnt o säge gatrum, aber gitrum tönt besser.» Mir sy würklich fasch echly beduslet gsi vo däm sälte glückliche Fund, wo mer da bim Heigah gmacht hei. Wär's ghört het, hätt chönne meine, da syge kompletti Spinner uf de Velo obe. Eh, wi hei mir doch wohl gläbt a däm Primitivismus. Wohl, hei mer ddänkt: «Däm Grössewanscht gä mer's ume. Dä chouffe mer de abe, dass es e Gattig het. De wei mer de luege, wi dä mit syr halbe Wysheit vom Vatter zablet, das gmeinte Herresühnli.»

Am andere Tag isch es losggange. Geng we der «Fils du papa» umewäg isch gsi, het eine aagfange: «Nollum rollum...» «Gitrum!» isch ds Echo cho. U sofort het's im Chor tönt, wi we's d Meischtersinger vo Nürnbärg wäre: «Nollum rollum Gitrum.» – «Nollum rollum Gitrum.» «Wohl, das het de Rasse gha!»
Ja, mir sy mängisch so i Schwung cho, dass mer vor luter «rollum» fasch nümm zum Stillstand sy cho. We mer de so rächt i ds Rolle cho sy mit däm «rollum», hei mer's fasch nümme chönne stoppe, u mir hei Müei gha, dass es nid der ewig Umgang het gno.
U tatsächlich het üse Stadtbänz, wo geng wi ne höche Boss ufgchrüzet isch u, ohni's z merke, sech bi sym Plagoschte sälber lächerlich gmacht het, sys grosse Muul meh u meh zrüggha. Het is ddünkt, är merki's. Het is ddünkt, üse Heldegsang tüei sy Würkig. Meh hei mer ja gar nid wölle. Drum hei mer üses Übertrumpfe nume so lang i Gang gsetzt, wi's nötig isch gsi, für üse entfrömde-

te Kamerad, wo stedtisch-hochstaplerisch isch aaghuucht gsi, uf enes normals Niveau zrüggzhole.

Sobald ds Glychgwicht wider isch härgstellt gsi, hei mer's la bewände. Süsch wär's ja de eitönig u längwylig worde u hätt am Änd der gägeteilig Effekt gha. Drum hei mer müesse ufhöre, bevor das Modäll vo sälber i Uslouf isch cho.

U wüsst'er, es isch nid lang ggange, hei mer wider öppis Nöis uf em Tapeet gha. Das isch ja grad ds Schöne gsi bi allem, dass geng öppis Chrotts gloffen isch bi üs Buebe, geng wider öppis ganz angers.

«Abwechslung macht das Leben süss.» Das isch scho denn eso gsi.

Mir hein is de chönne aapasse, je nach Jahreszyt hei mer wider öppis anders gfunde. Drum wei mer jitz einisch vo öppis ghöre, wo im Winter passiert isch. Denn het's albe no rächti Wintere ggä mit viil Schnee. Mit Schnee hei mir Luusbuebe natürlich o allergattig chönne aafa. Süsch losit doch i der nächschte Gschicht.

Brunz

Es isch Winter gsi. – Als Prögeler sy mer i der Pouse dusse uf em Pouseplatz umepatruliert. Es paar Giele hei Schneeballe gformet u se enand aabbägglet, bis si bi de Sek-Meitli, wo i der Neechi umependlet sy, e dankbareri Ziilschybe gfunde hei. Ds Göiss, wo's het abgsetzt, we nes Mädi isch troffe worde, het natürlich uf der andere Syte der Aasporn ggä, d Träffer z vermehre u di fröhlechi Schlacht uf ene siegesfröidige Höhepunkt zueztrybe.

Plötzlich gseht me e Kamerad, wo i der Matte, wo eigetlich nümm zum Pouseplatz het ghört, wo aber schön früsche, nöie Schnee glänzt het, aafat umetschalpe. Di Matte isch näb em Pouseplatz «diräkt vor em Lehrerzimmer» gläge. Si het eine vo üs, wo geng echly Flouse u Streiche im Sinn het gha, usegforderet, dert e bsunders ydrücklichi Figur i Schnee z zeichne.
Zersch tramplet er es grosses B i Schnee. Was söll ächt das no gä? «So Giele, chömet, hälfet mer!» So sy gly emal üsere paar wi ne Schneepflueg am Wärch gsi. Eine i de Fuessstapfe vom andere: B – R – U – N – Z.
Was Brunz? Der Unterricht syg e Brunz? Das mängisch o, obschon mer im allgemeine nid schlächti Lehrer hei gha. Ob der Unterricht aachunt u Frücht bringt, chunt ja geng o uf d Schüeler sälber aa. Brunz isch eifach en Übername gsi, en Abchürzig vom längere, eigetliche Gschlächtsname.

Mit der Betitelig vo Übernäme sy d Schüeler geng bsunders erfinderisch gsi, aber natürlich nie bsunders aaständig u taktvoll. Sogar gruusam u vilicht sogar unggrächt hei so Übernäme chönne der Sach e Trääf gä u ne ehrewärti Person, wo ja mit de Note o geng e Machtfaktor par exellence isch gsi, echly lächerlich mache. Di Übernäme sy bi üs allne bis hütt unvergässlich bblibe, währenddäm me der richtig Name scho gly einisch feiechly im grosse Namechübu het müesse sueche.

Da het eine z. B. Bümm gheisse, en andere Hämmerli-Gödu, wil er gärn Chopfnüss (Schleeg mit der bballte Fuuscht ufe Chopf) het usteilt. De isch e George gsi oder der Alt; eim hei mer Gumibuuch gseit, wil er echly es Büüchli het vorgstellt, was ihm als Räkter ja o gar nid so schlächt isch aagstande.

Mi het allerdings di Bezeichnig für ne Lehrer, won i höch ha i Ehre gha, vo Aafang aa unbarmhärzig u hert ddünkt. I ha mi ghüetet, grad alle Blödsinn gedankelos u gnadelos nachezmache. Mynes Wüssens han i jedefalls bi däm Übername passet u ha mer erloubt, sälber en Uswahl z träffe, we's mi het ddünkt, das syg jitz hingäge doch nid tuenlich. Bim Brunz hingäge han i einigermasse chönne mitmache. Afe isch dä Übername e chummlichi Abchürzig vom eigetliche, umständliche Name Brüschweiler gsi. Zum andere het üse Brunz überhoupt kes pädagogisches Gspüri gha. Jede Lehrer het halt o sy Schwechi, är müesst ja ke Mönsch sy.

Üse Brunz het allerdings en usgsprocheni Gab gha, wi ne Schouspiler Gedicht z rezitiere. Nachträglich beurteilt, wär das jedesmal e Berycherig gsi vom Unterricht, we mer's nume richtig hätte chönne würdige u schetze. Syni Geste, sy Betonig u sys Pathos hei aber nume üses Grinse statt üsy Bewunderig bewürkt. Settig Lööle sy mer denn gsi.

I dänke o dra, win er het chönne proteschtiere, we mir bi hällem Sunneschyn hei d Store abegla. De het är inere poetische Emphase rhythmisch usgrüeft: «O die liebe Sonne, o die liebe, treue Sonne!» Nüüt als rächt het er gha mit däm Usruef, u mir hei de d Store regelmässig wider müesse ufezie. – Es anders Mal het er vom Gottfried Keller ds Gedicht «Fremdenlegionäre» vorgläse. Het eitönig das müesame Marschiere vo de Soldate i der heisse Sunne marggiert, ds Döse u Schlummere bi där sträfliche Pflichtüebig. Ufdsmal tönt's vom Katheder obenache: «Ein Schuss.» So knallscharf, so würklichkeitsächt het er's vortrage, dass mir hinder üsne Pultli – die meischte halb ygschlafe u under em Dechu vergrabe – ufzuckt sy. Derby het der Pultlidechu gchlepft u gchlefelet. O wider ächt, wil jitz «Brunzes Schuss» bi üs blitzartig ygschlage het.

Mit syr Kunscht, ydrücklich mit breitem Stimmumfang vom Pianissimo bis zum Fortissimo der poetisch Effekt chönne härezbringe, wär üsem Dütschlehrer eigetlich es ryffers Publikum z wünsche gsi, währeddäm mir Banouse überhoupt kes Verständnis für settigi Sache hei gha. Schad. Dä Lehrer hätt a ds Gymnasium ghört oder no besser a d Uni, wil er – wi mer jitz de grad ghöre – mit der Notegäbig gar nid d Schlag cho isch. I dänke dra, win er albe ganz unvorbereiteti Diktat het gmacht; mit Frömdwörter, wo mir no nie ghört, verschwüge de erklärt

übercho hei. Ds verheerende Resultat het sech de i katastrophal ungnüegende Note nidergschlage. Vor de Zügnis isch er dür d Klass düre gstürmt, isch uf jede einzelne Schüeler zuegstüüret u het di andere ufgforderet, ihrem Klassekamerad e Note z gä. Dass er schliesslich nid der ganze Klass ungnüegendi Note het chönne verabreiche, het er sälber müesse ygseh. Di unmüglichi Proberei isch der Grund gsi, won is völlig het überforderet. Si het übrigens em Brunz sälber o d Müglichkeit gno, jedem e grächti Note chönne z mache. Schliesslich isch es unrealistisch gsi, allne e Dreier oder Zwöier i ds Zügnis z chratze. Das het er sech scho vor de andere Kollege nid chönne erloube. Aber wil am Änd e Note het häremüesse, het er sech

mit ere Methode beholfe, wo mir scho denn nume drüber hei glachet.

So het er d Mitschüeler vomene Kamerad ufgforderet, si sölle doch ihre Kamerad grad sälber benote. Dermit het er d Notegäbig us der Hand ggä u der Willkür vo der Klass überla. Aber bi aller pädagogische Unbeholfeheit het bi däm Vorgehe immerhin e spürbare Schimmer vo gnädiger Güeti düreglüüchtet. Schliesslich isch Brunz imene Pfarrhuus ufgwachse, u das het sech jitz bi aller merkwürdige Strängi doch no i der Form vonere milde Barmhärzigkeit uszahlt. So isch de uf d Frag, «Was meinet'er, was söll i em Fritz oder em Markus für ne Note gä?», ds Echo zrüggcho: «Jä, doch wenigschtens e Föifer oder e Föifehalber.» Am Schluss isch kene billiger us där merkwürdige Note-Steigerig vom Zwöier undenufe dervocho als mit emene valable Föifer.

Zu där Geisle-u-Zückerli-Pädagogik het o ghört, dass der Brunz, we eine echly lut gschwätzt het, mit em Lineal derhär cho isch. «Kopf hoch – Feigling – Kopf hoch», het er uftrumpfet. Es het tönt, wi we jitz ds jüngschte Gricht derhär chiem. Aber ds Ganze isch nid halb so schlimm gsi. Mit em Lineal, won er wi nes Damoklesschwärt über eim gschwunge het, het er d Backe nume fyn gstrychlet statt dryzhoue. Es isch ehnder e Liebkosig gsi als e Bestrafig. So het bim Brunz ds Mönschefrüntliche näbe allem Unbehülfliche u Unghoblete doch geng obenuus gschwunge. Mi het das Theater afe gchennt. Es het eim nid der gringscht Ydruck meh gmacht. Im Gägeteil. Der eint u ander het als Attraktion der Brunz sogar greizt, wi d Buebe im Herbscht z Thun der Fulehung albe mit syne Söiblaatere provoziere, är söll doch nume cho u dryschla. Brunzes Strychle mit em Lineal isch de no lang nid so rabiat gsi wi ds Dryschla vom Blaateremaa am Usschiesset. U de het de der «Fulehung» für bsunders uflätigi Buebe ersch no es Chlepfschyt zu syr Verfüegig gha.

Aber jitz no einisch zrügg zum winterliche Pousevergnüege, wo mir mit em Name B-R-U-N-Z im Schnee dä Brunz ganz gäbig hei chönne i Chutt bringe. Dihr heit ja scho ghört, dass di Sach diräkt under em Lehrerzimmer het stattgfunde. Chöit dihr nech vorstelle, was drufabe passiert isch? E grossaagleiti Enquete isch da vom Lehrerzimmer uus inszeniert worde. Nid alli Lehrer hei sech i di Sach gmischt. Aber Brunz het es paar Kollege chönne gwinne, wo sech sälber o hei betupft gfüelt. U jitz, potz wohl mähl, jitz het's en Erläsete ggä, wi vilicht vorhär u nachhär nie meh. Me het wölle wüsse, wär das gmacht het? Anstatt «erhabenen Hauptes» drüber z stah u z lache, hei di chlynliche Geischter dä oder die Sünder um alli Wält wölle usfindig mache. Es heig e grossi Ufregig ggä im Lehrerzimmer, het Brunz üs gmäldet u Bestrafig verheisse. Mi mües wüsse, wär das syg gsi?

Wo das Untersuechigsergäbnis isch a Tag cho, sy di beträffende Sünder mit ere ungnüegende Note im Betrage bedient worde, u d Aafüerer het me sogar i ds Provisorium versetzt.
Eh du verhudlet. Wi cha me o nes settigs Chatzegjammer aastelle u nes settigs Gricht inszeniere für so ne vergänglichi Sach, wo ja scho am glyche Tag bim Uftoue – glychsam vo Natur uus – alles Üble wider ygschmolzen isch. – Ja, mängisch zeigt sech würklich im Chlyne, «wes Geistes Kind» so yflussrychi Persone sy.

Mir hei natürlich nume glachet, hein is usegredt u gseit: He, mir syge im Schnee umeglaatschet u da syge di Buechstabe wi vo sälber entstande. Ds Ganze syg ja – wi ds Wort sälber sägi – nüüt anders als e Brunz gsi – u dass es eso ne Übername gäbi, heige mir nid emal sälber erfunde – mir heige dä Name, wo ja nume ne harmlosi Abchürzig syg, vo den eltere Mitschüeler i gueter Tröiji überno…
He nu. Di Sach isch de tatsächlich wi Schnee a der Märzesunne am glyche Tag wider verloffe u versoffe.

Das tolpatschige Rachegschrei us em Lehrerzimmer het is uf all Fäll nid chönne dervo abbringe, em Brunz wyterhin Brunz z säge. Schliesslich wei halt o Schüeler über d Lehrer u nid nume die über d Schüeler einisch ds Goudi ha. U we di mächtige Herre ihri Yschetzig scho i Note hei chönne manifeschtiere, warum sötti de ds arme, chlyne Schuelvölkli nid o echly dörfe Dampf abla. – Ach, bescheide wi me isch gsi: Alls nume im Schnee, wo sech, was me nid vorzueche het möge verstampfe, sowiso wider a der «liebe Sunne» i Luft u Näbel het ufglöst.

Dass doch no ne Huuch vo däm Vergnüegeli, wo mer is denn gleischtet hei, überig blybi, han i für alli, wo einisch sy Schüeler gsi – u wär isch das nid? –, u für alli guet gsinnte Lehrer, wo bi all ihrer Notekompetänz sech no nes Gymeli Sälbschtironie hei chönne bewahre, di BRUNZ-Gschicht ufgschribe. Me cha se dermit zu de Akte lege. Eis aber blybt gägewärtig: Scho mängisch, wen i echly Wermi ha gsuecht u mi vo der Sunne mit ihrne früntliche Strahle ha la strychle, isch i mir us em Undergrund der Ruef i ds Gedächtnis ufegstige, wo üse Dütschlehrer geng so poesievoll aagstimmt u usgrüeft het: «O die liebe Sonne.»

Dä Usruef chunt wi ne Gruess us der Schuelzyt übere i ds besinnliche Alter u ernöijeret ds Aadänke a üse Brunz. Es dünkt eim, er stöng grad vor eim u mi ghörne bi sym Doziere.

U äbe: Zwüschyne ertönt ufdsmal der schwärmerisch Usruef vo der liebe, tröije Sunne. Het er de nid rächt gha?! Drum cha me doch nid anders, als üse Brunz trotz all syne Mätzli i guete Ehre la gälte!

Es Ankeblüemli steit am Wäg

Vo wytem han i üsi Tante Greti gseh cho. Si het i der Neechi gwont u isch flyssig zuen is cho für echly z brachte u z brichte. Für üs zwe Buebe isch si fasch so öppis wi ne Märlitante gsi.
Geng wider het si interessanti Sache vo früecher gwüsst z erzelle. U wi si de das gmacht het! Niemer hätti's chönne nachemache. Es isch einmalig gsi. Gspickt mit köschtlichem Humor het si di Gschichte i farbigem Oberländer

Dialäkt vortrage, u zletscht het si geng no grad e Schwetti derzue müesse lache, wil si sälber so Fröid het gha a däm, was früecher Luschtigs passiert isch. Es isch jedes Mal es Fescht gsi, we üsi liebi Tante derhärcho isch.

Währet em letschte Chrieg het si regelmässig es Chörbli bi sech gha u geng öppe ne Chram drinne. Üs Buebe, my Brueder Erwin un i, het's natürlich Wunder gno, was de i däm Chörbli chönnti sy.

«Göht säget em Mueti, i heig de wider Chohlraabi.» «Chohlraabi?» Schoggola wär is lieber, hei mer ddänkt. «Chohlraabisches hei mir nöien o i üsem Garte», hei mer echly enttüüscht gantwortet. – «I weis es scho. Aber was i nech da bringe, isch drum no öppis angers, als was mir hie ume hei.»

Lysli flüschteret si üs i ds Ohr: «Es isch drum Anke us em Oberland, bsungersch guete. Bärganke isch es. Dä überchunt me süsch niene. Aber dörft's de niemerem säge.» – «Tante, i ha gmeint, der Anke syg rationiert. Isch de das nid verbote, ohni Margge Anke z chouffe?» So het mi emel ddünkt, u i weis no genau, was für nes mummligs Gfüel mir bi där Gheimnistuerei mit dene Chohlraabi under der Hut het ggramselet. «Aba, dumms Züüg», wehrt d Tante ab, «we alli so ne Sach wette mache wäg ere settige Chlynikeit, hätte mer de im eigete Land bau der grösser Chrieg als dä, wo sech ussefür ustobet.» I ha mi als Bueb zfride ggä u mer nid gwagt, mi gäge d Outorität vo üser höch verehrte u süsch geng bis zinnerscht yche ehrliche u währschafte Tante ufzlehne. Märggeli hei zwar di Verwandte oder Bekannte allemaa nid bbruucht. Es het mi aber beruehiget, dass d Mueter di fürige

Ankemärggeli ere Familie het zuegha, vo viil Chind het gha. Däwäg isch das Schwarzhändeli mit em Anke legitimer worde, u so het me's einigermasse chönne la gälte.

Als Buebe het is uf all Fäll dä Bärganke gmundet, u we d Mueter en Ankebock zwäggstriche het, isch is ds Wasser im Muul zämegloffe. D Zeremonie, wo üsi Tante jedesmal mit däm Chohlraaben-Anke gmacht het, het is z verstah ggä, was mer da für nes Vorrächt hei gha. Mir syn is vorcho wi Chünigschind im Märliland, we sech di herte Chohlraabi so huxediflux geng wider i chüschtige, süesse Bärganke verwandlet hei. Mir hei allemaa öppis dörfe ha, wo me süsch nid het. U derby sy mer ja nume inere eifache Familie dehei gsi. Wär sött's da nid chönne begryffe, dass für üs Buebe der Anke bis äneuse e bsunderi Bedütig het bybhalte.

Wohlverstande, nid nume gwöhnliche Anke, süesse Bärganke hei mir bi üs z Thun ufe Tisch übercho. Da het me de äbe di Bärgchrütli drinne gspürt, wo wi ne Gsundheitstee däm liecht gälbliche Nydleprodukt es besunders schmöckigs Aroma hei ggä.

Won i später z Lützelflüe bi Pfarrer gsi u ne Ämmitaler Buur z Burgdorf im Spital bbsuecht ha, het er uf my Frag, wi's göng, der Bscheid ggä: «Es isch nöie alls rächt u guet, hingäge eis fählt mer, es het ke Gredi. Es chönnt mi no grad einisch so gsung mache wi di Mitteli. Aber i weis, es cha mer's niemer gä. Es isch ds guete Quellwasser vo deheime. Ds Leitigswasser vom Spital bringen i fasch nid dür d Gurglen abe.»

Dermit wär allwä der Bewys, dass zwüschem Anke u Bärganke e grossmächtige Underschiid isch, hilänglich erbracht. Är isch mindischtens so gross wi zwüsche Leitigswasser u Wasser diräkt us em Bode vo der Quelle.

Als Pfarrer im Ämmital – zmitts im Chäs- u Ankeland u de ersch no im Gotthälfland, han i du gly emal en Ahnig übercho, wi o dert – u nid nume im Oberland – der Anke höch gschetzt wird. Da git's nid nume nes Salat-Anni oder e Chabisgrat-Täsche oder e Surchabis-Gränne oder e Chäs-Joggi, luter zwielichtegi Näbegstalte, da git's de no ne Anke-Bänz u sy Frou, ds Lisi uf der Ankeballe. Eis vo de ehrbarschte u währschaftischte Ehepaar bi däm Buredichter, wo d Ehremanne vom «windige Fötzuzüüg» u di wackere Wyber vo de «Tschädere u Trüecher» no cha underscheide.

So isch ds Ankeballe-Lisi eini gsi, wo «ohne zu meistern, Meister aller war», und «wo Lisi mal was angriff, da ging es vorwärts und alle mussten mit, sie mochten wollen oder nicht». Bänz, ihre Maa, isch de gar nid öppe minger gsi als sy Frou, «die eine Bäuerin war, wie im Kanton nicht manche ihr zu vergleichen sei».

Derby wird das Ankeballe-Ehepaar näbe Hans u Gritli vom Hunghafe gstellt. Der Läser wird Züge, wi die uf em Hunghafe-Hof i ds Verderbe grate, während die uf der Ankeballe gedeie.

Nid vo ungfähr stellt da der Schriftsteller Hung u Anke näbenand. Hung, so guet u süess er o isch, schynt hie es Symbol vom Verfüererische z sy, Anke aber git e Hiwys uf Chraft u Saft – uf «Chuscht u Tugend».

Äbe, so isch für mi vo däm Dichter, wo wi ke andere alls dürschout het, no einisch es nöis Liecht uf d Bedütig vo däm wichtige Milchprodukt gfalle.

Vo «Bärganke» dörft me hie im Ämmital zwar weniger rede. Vo «Grasanke» mit ere speziell früsche Chuscht deschto meh. Bim Gotthälf cha me emel dervo ghöre.

U de no öppis: So wi Ankebänzes Lisi uf de Fänschtersimse lüüchtendi Granie het la blüeije, so het's o der sälber gmachtnig Anke i nes schöns gschnitzts Model ddrückt.

Fürecho isch de albe so rächt es gsunntigets, überuus appetitlichs Ankemödeli. We si no so gluschtig sy, es röit eim albe fasch, settegi gattlechi Kunschtwärkli aazschnyde u mit em Mässer dryzfahre.

Mi tuet's de derfür mit Bedacht u Ehrfurcht. Han i doch einisch es Ankeblüemli-Motiv gseh uf so mene Model; u Ankeblüemli, die git's hie im Ämmital in Natura. Sogar es Liedli vom Ankeblüemli geit bi de eltere Jahrgäng no ume. Si heige's albe i der Schuel no gsunge.

Wi mängs anders Volksliedli tönt es fyn u zart u fröhlich, klingt hinggäge mit emene wehmüetige, sogar rächt tragische Akzänt uus. We me wyterdänkt, ligt sogar e hintergründegi, tiefi Symbolik drin.

Grad die passt aber so guet zum Anke, wo ja em Blüemli mit de gälbe Blettli der Name ggä het. Dem einte wi em andere geit's einisch gnau so a Chrage! Di ganzi Herrlichkeit geit der Wäg vo allem Irdische ... Schicksal vo allem, won is so guet vorchunt u wo so ärdeschön isch uf där Wält. – Es mues halt vergah, für emene höchere Zwäck chönne z diene!

Süsch loset doch, wi's im Liedli tönt:

«Ds Ankeblüemli steit am Wäg
u zupft di gälbe Blettli zwäg.
Es seit, es het doch wyt u breit
gwüss niemer so nes guldigs Chleid.
Da chunt es Geissli tripp u trapp
u bysst em Blüemli z Chöpfli ab!
Trallala, trallala...»

No nes paar Erklärige derzue:
– *Chohlraave* nach Emanuel Friedli, «Grindelwald», es beliebts Gmües im Oberland. D Tante het äbe «Chohlraabi» gseit. Im Ämmital seit me «Rüebchöhli».
– *Ankeblüemli* isch es gälbs Flachsblüemli, wachst a Bäche. Nid z verwächsle mit «Ankebälleli», me seit ne o «Chuderbuebe», si blüeije o gälb, verblüeije aber wyssgrau u wachse uf Bärgmatte.

E Schutzängel

Einisch hätt's de schief chönne gah.
Derby isch es binere Glägeheit passiert, wo mir a nüüt Böses ddänkt hei.
Es isch im Marzili unde gsi im Aarebad. Übere Mittag sy üsere paar Gymeler geng dert abe ga z Mittagässe u hei bi schönem Wätter echly gsünnelet. Dernah hei mer im chüele, blaue Aarewasser bbädlet. Im Summer isch das e wahre Jungbrunne gsi, der Schweiss vo der Schuel abzwäsche un echly im nasse Elemänt z flotsche. Wi nöi gebore sy mer albe us de reinigende Fluete wider a ds Ufer gstige.
Bis zur dütsche Botschaft ufe sy mer albe ga aafa. D Strömig het is mitgno, u ds Schwümme isch fasch vo sälber ggange. Mi het nume müesse luege, dass me no rächtzytig cha ländte u dass me vor lutter Schriiss amene gäbige Ort ds Ufer het verwütscht.

Amene sunnige Tag sy mer wider einisch am Aareufer unde gsi, für nach em Ässe u Sünnele i ds wohlige Flussbad z styge. Es isch alles guet u normal ggange. Mir sy o nid di einzige gsi. Viil Volk het sech überall umetummlet. Da, was gseh mer...? E Kamerad, wo vor üs gschwumme isch, geit ufdsmal under. Nach es paar Sekunde toucht er wider uuf, de nimmt's ne wider abe, u ds zwöite Mal geit's feiechly lang, bis er no einisch uftoucht. Isch er ächt i ne Würbel ggrate? Es macht is himmelangscht. Mir sy all

85

drei nid Superschwümmer gsi u hei gnue für üs sälber z tüe gha. Üse Kamerad, wo plötzlich u unerwartet abtouchet isch, isch öppe zwänzg Meter vor is gsi, u mir hätte nid gwüsst, wi mer ihm hätte chönne z Hilf cho.
Hei, isch das e Chlupf gsi. U alls isch eso schnäll ggange, dass mer nid emal rächt hei Zyt gfunde, für um Hilf z rüefe.

Da gseh mer vo wytem, wi vo dene, wo uf em lingge Ufer zdüruuflouffe, für de wyter obe i d Aare z styge, eine chunt, wo ne Satz i d Aare nimmt. Grad der richtig Winkel het er verwütscht, für üse Kamerad, wo scho wider e merkwürdige Toucher macht, z erfasse u mit güebte Bewegige a ds Ufer z rette. Eifach so, ... als ob das ds Sälbverständlichschte vo der Wält wär.

Hei mir das eigetlich nume tröumt oder isch es Würklichkeit gsi? Üse Kamerad isch grettet. U der Retter? Wo isch de dä? Verschwunde isch er. Verfloge wi nes Stäubli. Niene meh.

Chuum hei mer so rächt erfasst, dass alls glimpflich abgloffen isch, isch dä Retter scho lang ewägg gsi, unsichtbar u verfloge. E regelrächte Schutzängel. Mi cha's nid anders säge. Wi vom Himmel oben abe isch da e Hand cho u het der versinkend Petrus us de dunkle Fluete a ds Land zoge.
Übrigens isch üse Kamerad uf alls ufe o grad e Petrus gsi. Peter het er nämlich gheisse. Natürlich het der Retter nid lang gfragt, ob de das e würkliche Petrus syg. Er hätt däich sys Rettigswärk o a eim vollbracht, wo nume Hans oder Fritz hätt gheisse.
Für üs isch es es bars Wunder gsi. Wär anders hätt de üse Kamerad süsch chönne rette? Ob de da so schnäll süsch eine gsi wär, wo i d Aare gumpet wär: Grad im rächten Ougeblick, mit so starchem Muet, mit so sicherem Chönne u mit der nötige Sälbverständlichkeit? Nume dä u ke andere het das chönne. U grad dä isch umewäg gsi.
Was, we dä denn nid dert wär gsi? Descht verwunderlicher, dass mängisch de doch no der rächt Maa zur rächte Zyt am rächten Ort isch.

Nid dra z dänke, wi's für unzählbar vili Mönsche anders wär usecho, we denn ke Retter füre Peter umewäg wär gsi. Drum no einisch u no einisch u no einisch: Was für nes Glück, dass denn äbe dä güebt Schwümmer isch dischpo-

87

niert gsi, ohni z Zaagge u z Zoudere der Sprung i ds Nasse z mache – u schwupp, scho isch der Petrus uf em Trochene gsi. Wäg em starche Zug vo der Aare het das Wärch vor allem im richtige Winkel müesse vorgno wärde, süsch wär de alli Müe vergäbe gsi.

Was abgseh vo de Aaghörige e grossi Zahl vo Mitmönsche verlore hätti, we d Aare üse Fründ verschlückt hätti, isch ja gar nid uszdänke. Het är doch speter als Arzt vilne Mönsche ddörfe diene u mängs Läbe chönne rette. Sy yfüelendi Art, sys früntliche Wäse, sys schnälle Erfasse u klare Diagnoschtiziere isch viilne Chranke zguet cho. U uf em Gebiet vo syr Praxis het er wyt über d Stadt Thun use es sägevolls, rychs Würke ddörfen entfalte.

Aber ohni dä Schutzängel, wo da – wi us em heitere Himmel – derhär cho isch u im richtige Momänt ds Richtige gmacht het, wär us all däm nüüt worde.

U doch isch eigetlich dä Schutzängel nume ne Mönsch gsi. Also bruuchte mer nid zersch es himmlischs Wäse z wärde, für enand Schutzängle chönne z sy. Nume müesste mer allwäg scho vomene höchere Wille ufgstachlet wärde, für anenang i jedem Fall – o we's is sälber öppis choschtet – no besser schutzänglerisch chönne byzstah.

Wen i zrüggluege, isch d Rettig denn nume z einte gsi. No bald ds Verstäntlichere bi allem unerwartet Wunderbare. Ds andere isch aber das merkwürdige Verschwinde vo däm Retter. Wi vom Ärdbode verschwunde, isch dä nienemeh gsi. Mir hein ihm nid emal chönne danke, verschwyge de frage, wär är eigetlich sygi?

Isch es ächt eine vo de ächte alte Bärner Patrizier gsi, wo no der Wahlspruch i sym Wappe het gha: «Servir et disparaître» (Dienen und verschwinden)?

Eis isch sicher: Me cha nid angers als geng no stuune, dass es denn eso het ddörfe gah.
Natürlich cha me wäge däm nid öppe liechtsinnig ine Gfahr ynerenne u dänke, es chömm de scho ne Schutzängel, wo eim chömm cho rette. Es lat sech nid spekuliere mit settiger Hilf. Aber we me zrüggluegt u überdänkt, wi mängisch e Sach lätz hätt chönne usecho, mues me scho froh sy, dass es no so öppis wi ne Bewahrig git. Bewahrige cha me vordergründig vilicht dür Mönsche erfahre. Hindergründig isch de aber doch no ne anderi Macht im Spiil.

Oder wär u was isch es de gsi, wo mi einisch, wo mer du z Lützelflüe im Pfarrhuus sy gsi, nach Mitternacht am Morge am zwöi oder drüü gweckt het, u mi – ohni dass i hätt begriffe warum u wäge was – wi ne Magnet abezoge het i d Chuchi? Was gsehn i dert?
E füürigi Chochplatte, wo me het vergässe abzstelle. Vilicht isch es Telefon cho oder süsch e Ablänkig, u di Chochplatte isch vergässe bblibe, niemer het gwüsst, warum. Aber no weniger het me je gwüsst, warum i zu där ungwohnte Zyt, ohni jede Grund, innerlich bi zwunge worde, vom obere Stock us em Schlafzimmer, wo ganz vore isch gsi, i d Chuchi abe z gah, wo ganz hinge isch gsi. D Platte i Vollgluet u öppe dryssg vierzg Santimeter drob zueche es Holzschäftli, scho liecht aagsängt.

Es Erchlüpfe het mi la erzittere wi no nie im Läbe! Gly drufabe aber o nes grosses Stuune u Wundere u Danke. Schutzängle syg nume ne blöde Abergloube? Wi söll me de das, won i da erläbt ha, erkläre? Gedankenübertragig oder süsch e psychologischi Komponänte isch da emel nid derby gsi.

Me mues es halt sälber erläbt ha. Wär Chind het, cha sicher es Liedli dervo singe. Wi mängisch gseh si keni Gfahre u trappe i nes Aabetüür yche? Öppis wage ghört zwar zur Jugend, u mi cha nid vor allem sy. Aber mängisch hätt's de chönne fähle, we nid en unsichtbari Hand über se hätt gwaltet.

Drum tüet mer d Schutzängle nid vernüütige. – Es git se. I bi uf all Fäll scho meh als zwöimal froh gsi über se. Si sy Kundschafter vomene wunderbare, güetige Schicksal. Darf me de das nid o einisch rüeme?

D Rivalität um d Eleonore, e Heldekampf uf em Margel

We me vo Heiligeschwändi oberhalb vo Thun bi der Heilanstalt ir Richtig Schwanden fürelouft un echly obsi het, chunt me amene Wald verby uf ene wunderschöne Punkt uf der Höchi vo 1183 Meter. Es isch der *Margel*, zwüsche Schwanden u Tschingel, oberhalb vo Gunte.

E liebe, vertroute Fründ un ig sy wider einisch uf Wanderpfade gsi mit em Ziil: Margel. Är, der Tom, un ig, der Pan – mit Pfadiname –, sy unternähmensluschtig u voll jugendlichem Übermuet uf där schöne Aahöchi gstande, un es het is beidzäme ddünkt, jitz sött eigetlich no öppis gah. Isch es de no nid gnue, we me cha wandere, cha luege u stuune über nöiji Landschafte u Ussichte gniesse, wo sech vor de Ouge wundervoll uftüe? Bi allem Brichte chunt me äbe i däm Alter o uf d Frag: «Wi hesch es mit de Meitschi? Hesch eini im Oug? Wi wyt bisch afe? ... Wi stellsch der di Zuekünftigi vor? Söll's e Schwarzi oder e Blondi sy?» Bi dene Phantaschtereie sy mir so zimlich uf e glyche Gschmack cho, u mir hei gmerkt, dass mer bi üsne Vorstellige u Aaforderige nit wyt usenang sy. Hei, was, we mer de ufdsmal no ds glyche Mädi useläse, wil mir zwee punkto Schönheitsideal fasch überystimme? «De git's nüüt anders als e ritterliche Zwöikampf, u mi mues luege, wär obenuusschwingt?»

Lue da. Vor üs ligt e gäbig grosse Bänggu, wo sech i üser

Phantasie sofort i nes Gladiatoreschwärt het verwandlet. Plötzlich het eine vo üs di Waffe i der Hand. Der ander findet grad dernäbe en äbebürtige Chnebu, u scho sy mer i der Pose vo zwe Kämpfer, wo umene schöni Frou rivalisiere.
«Jitz bruuche mer nume no ne Name für das schöne, leider vorlöifig nume illusionäre Fröilein?» – «A däm söll's nid fähle. Nüüt liechter als das. Wi hesch es, wär der *Eleonore* genähm?» – «Nid schlächt, gar nid schlächt. Vollklingend u wohltönig grad i eim. E Name mit meh farbige Vokale git's ja fasch nid. Also hü, druflos, uf d

Eleonore.» – «Weisch, der Beethoven het einisch sogar zwo Ouvertüre gschribe für d Eleonore. Beide sy verschide u bi beidne het er chräftigi Fanfaretön drygmischt, dass me merkt, dass es um ne grossi Sach geit. Wär also absolut passend i jeder Beziehig. Stosse mer aa uf d Eleonore. Vorlöifig nid mit em Bächer. Es mues ja zersch alls erkämpft u eroberet sy.»

U scho nimmt der eint e Grätscheposition aa, bereit zum Fächte, u scho ergryft der anger sy «Sabu», u scho geit's los. Mi ghört es Chlepfe u Tätsche vor däm Wald, wo ds Echo zrüggchunt. D Schlacht isch im Gang. U wie! Di Jünglinge stöh scho i vollem Schweiss. Es chunt en Yfer über di Kämpfer, dass di Bänggu-Säbu, wo sowiso halb morsch sy, usenandsplittere i alli Himmelsrichtige. Mi fasset e nöije starche Aschtchnebu am Bode, macht ne zwääg, geit nöi i Stellig, u wyter geit's zum stränge, zääje

Ringe um d Eleonore. «Lue, dert steit si ja, gsesch se de nid, dert näbe der Tanne. Si luegt is zue u lächlet.» – «Oh, Eleonore, mit dyne milde, sälte schöne, blauen Ouge, mit dym tiefschwarze, lockige Haar.» – «Du Härzenswunsch vo höch obenabe – i hätt's nie ggloubt, so himmlisch verklärt.» – «Chumm, liebe Fründ, solang mer kämpfe, gseh mer se.»

U scho chlepft's u tätscht's wider nöi im Wald. Sprysse flüge umenand. Me mues scho wider nöis Material sueche. «Jitz hei mer de gly alli Munition verschosse.» – «Du, wele het eigetlich gwunne?» – «Nüüt, jitz fat's ersch rächt aa. Es geit uf Läbe oder Tod.» Scho gseht me di zwee wider im Gfächt. Es schwärs Wärche isch es, es Ushole, es Chrafte, es Stemme, es Bücke u Sech-gross-Mache, u nes Dryschla... I der gröschte Hitz rüeft eine uus: «Du, i gloube, d Eleonore wott is lieber läbig als tot. Höre mer doch uuf, süsch lige mer beid gmarteret u gmörderet am Bode. U weisch was: d Eleonore het Fröid a üs beidne. Chumm, Brueder, mir teilen is i üsi Schöni. Mir mache ne Vertrag: Kene darf se aarüere. Das darf nid sy, si isch nume zouberhaft u wunderbar, solang mer se als Idealbild vor is hei. Mir dörfe ihri Reinheit nid verletze. Du, chumm, mir bücken is beid zu ihrne Füesse u lö se üsi Verehrig gspüre. Grad so isch es rächt u guet.»

U so hei mir di Waldnixe äntlich verla i heiligem Fride, i gägesytigem Yverständnis u ewiger Verehrig. Mir wei se jitz dert la u frei jede üse wytere Wäg gah. D Eleonore sälber isch geng no dert. Es isch unmüglich, dass se öpper anders entdeckt het. Drum het se üs o niemer chönne stäle. Si lybt u läbt geng no i ihrer alte unerreichbare edle Schönheit, üsserlich u innerlich. We das nid wär, wäre mir zwee scho lang wider uf em Platz u hätte de mitenand emene unberuefene Freier der Dechu vermöblet, dass er gwüsst hätt, mit wäm er's da z tüe het. Nei, nei, löt is d Eleonore la sy. Si isch scho rächt u si läbt no. Eso, dass se dert niemer cha finde, niemer als mir zwee. Aber mir wei se nid störe. Nume das nid.

So git's äbe Sache uf der Wält, wo me *einisch* erläbt, einisch u de nie meh. Drum sy settig Sache de o einmalig u unwiderholbar. U drum sy si so über alls use schön u guet. Mir, Tom u Pan, mir wüsse das. Also wenigschtens zwee uf däre Wält. U wär weis: vilicht erwachet jitz o i öich Läser en Ahnig?
Bscht, mir bhalte settigs schön für üs u tüe's enand nume chüschele.

Der Patriot im Chabisblätz

Im letschte Wältchrieg isch a d Zivilbevölkerig en Ufruef ergange, me chönn sech freiwillig zur Ortswehr mälde. We d Soldate a der Gränze Militärdienscht gleischtet hei, isch deheime ke militärischi Chraft meh gsi. Derby isch me ja nie sicher gsi, ob nid vom heitere Himel obenache Gfahre derhärchöme ... Drum het me e sogenannti Ortswehr usbbildet, für gäge allfälligi Fallschirmabspringer gwappnet z sy.
I bi dennzumal grad nach em Chriegsaafang i ds Gymnasium ggange u jede Tag mit em Zug vo Thun uf Bärn gfahre. Als glüehende Patriot han i mi natürlich o zur Ortswehr gmäldet. Mi het es Elfergwehr gfasset. Das isch

es alts Länggwehr gsi vom Jahr 1911, also no us der Zyt vor em erschte Wältchrieg. Schiessüebige het me keni gmacht. Vo de Kadette z Thun han ig allerdings no guet gwüsst, wie me mit emene settige «Chlepfschyt» mues umgah. Als guete Schütz, wo jedes Jahr bim Usschiesset e Chranz usepülveret het, isch es Gwehr für mi kes Problem gsi.

Immerhin isch es scho merkwürdig gsi, dass me het aagno, alli, wo so ne Waffe fassi, wüssi de o wi me dermit mües fäliere.

Guet, es paar Üebige zum Lade u Entlade het me gmacht. Aber gschosse dermit u nachegluegt, ob me öppis chönnti preiche, das het me nie. Bewahre. Das isch doch emene Schwyzer aagebore.

Derby sy o elteri Manne, wo nie sy dienschttouglich gsi, bi däm Küppeli Vaterlandsverteidiger gsi. Emel o üse ehemalig Rekter vom Thuner Progy, der Dr. Martin Trepp, het sech als Ortswehrsoldat la aawärbe. Är isch my Latin- u Griechischlehrer gsi u het o Gschichtsunterricht ggä. I de Gschichtsstunde het är mit Begeischterig vo der Entwicklig vo üsem Land zur Demokratie gwüsst z brichte. Es het mi beydruckt, dass dä ehemalig Lehrer i sym Alter – er isch churz vor der Pensionierig gstande – überhoupt no mitgmacht het. So öppis wi nes Gwehr het är sicher vorhär no nie i syr Hand gha. I bsinne mi no, wi der Dr. Trepp näbe mir Exerzierüebige het gmacht u sech het Müe ggä, mit däm Gwehr einigermaasse z Schlag z cho. Di ganzi Sach isch aber über syni Chreft useggange, so dass är leider uf em Heiwäg vonere Ortswehrüebig e Streifig (also es Hirnschlegli) het erlitte. Trotzdäm het er

– havariert win er isch gsi – no meh weder es Jahr Schuel ggä. Der Dienscht für ds Vaterland het ne sythär sichtbar zeichnet, isch är doch halbinvalid gsi.

Nach em Üebe uf der Progymatte isch de gly einisch d Zyt cho, wo me üs Ortswehrler ygsetzt het. E Zytlang sy nämlich amerikanischi schwäri Bomber vo Ängland uus über d Schwyz gfloge, für z Mailand unde militärischi Objekt ga z bombardiere. Churz nach Mitternacht het's Nacht für Nacht Flügeralarm ggä, u mir hei Befähl gha, uszrücke u Stellig z bezie. My Uftrag isch denn gsi, näbem Meitschiseminar im Hohmad usse imene Chabisblätz ufzwarte u dert allfälligi Fallschirmabspringer vomene Bomber, wo üsi Flack hätt abegholt, i Gfangeschaft abzfüere. Im Fall, dass die öppe gmeint hätte, mir syge ihri Finde u hätte aafa schiesse, hätte mir äbe de sölle schnäll gnue sy u ne mit üsem Veteranegwehr us em erschte Wältchrieg der nötig Reschpäkt yflösse.
Ds Ganze isch e völlig illusorischi Sach gsi. Bomber het üsi Flack, so viil i weis, nie abegholt. Di sy viil z höch gfloge, u üsi Flack hätt se nid mögen erreiche. U zwöitens sy di Amerikaner im Grund ja gar nid üsi Finde gsi. Im Gägeteil. Aber äbe, mir hei müesse nöitral sy, süsch hätt is de Hitlerdütschland der Tarif aaggä, wohlmähl.
Immerhin het me i üsem Land en Aaschouig übercho, was so ne Bomber für nes Riiseungetüm isch, wo nes paar dervo hei müesse notlande.
Üses Härz het denn natürlich ganz für di Alliierte gschlage. Drum hei mir eigetlich im Stille Fröid gha, dass d Amerikaner däne Chriegsgurgle der Meischter zeige.

Irgendwie hei mir ds Gfüel gha, mit üsem Stelligsbezug im Seminarchabisblätz hälfe mir de o grad echly mit bi der guete Sach. Gäbigerwys ohni Lyb u Läbe müesse ere Gfahr uszsetze.

We je so ne Bomber uf em Rückwäg vo Italie wäge Yschleeg vo der findliche Flak nümm hätt möge gchutte u aagschlage doch no hätt müesse notlande u sech d Bsatzig mit em Fallschirm hätt probiert z rette, de wär's ja ne mysi u feigi Sach gsi, di wehrlose u i Not gratene Soldate ga abezknalle. Drum han i mi viilmeh druf ygstellt, i däm Fall de Gstrandete gaschtfrüntlich eggäge z gah u ne plousibel z mache, dass si jitz i der fridliche Schwyz syge.

Übrigens het me albe dumpf di Bombedetonatione z Mailand ghört. Es isch es langaaduurends Rolle u Dröhne gsi. Unheimlich. I dene länge Nächt, wo's chalt u füecht isch gsi i dene Chabisstude inne, isch mängisch es Tschudere über eim cho, dass es eim fei gschüttlet het. Ersch no, we me dra ddänkt het, dass da ja jedesmal unschuldigi wehrlosi Zivilischte, Froue u Chinder hei müesse dragloube. Wi eländiglich mues das dene Lüt gsi sy im Füür vom Bombehagel, we si uf enes ungwüsses Schicksal hei müesse warte. O wen ig i myr ugäbige Position uf mym Chabisblätzposchte gschlotteret u innerlich mängisch gfutteret ha, settige Blödsinn mitzmache, bin i de doch no inere rächt komfortable Lag gsi gägenüber de Opfer vo där tödliche Chriegsmaschinerie.

Mit em aaghänkte Gwehr, alei uf Pischte u Poschte, het me Wacht ghalte u isch sech trotz allem Unsinn vore settigi Alibiüebig als grosse Patriot vorcho. Cha de cho, was wott, i bi de da u me het öppis i de Händ, wo eim Macht u Legitimation git. Ds Vaterland mues nid Angscht ha. Di andere dörfe ruehig wyter schlafe. Üsereim luegt als Ortswehrsoldat derfür, dass d Lüt z Thun seeleruehig chöi schlafe – o we's wider dröhnt am Himel obe.

Allerdings het's für üs Ortswehrler churzi Nächt ggä. Vor de dreie am Morge het's de nie Ändalarm gsireenlet, u vor däm Signal hei mir nid hei ddörfe. Am Morge het me scho am halbi sächsi wider us de Fädere müesse, für em sibni z Bärn im Chirchefäld usse chönne Math u Lat (Latin) u Gräk (Griechisch) u Heber (Hebräisch) z büffle. Bi de Probe het üse Gymergring de müesse parat sy. Mi het nid halb im Dusel inne öppis Sturms chönne härechrible. Das het eim de albe im Chabisblätz scho no Sorge gmacht, u mi het sech gfragt, chan i's ächt? Zyt zum Lehre hätt me gha, aber ds Umfäld isch de doch nid günschtig gsi derfür.

Komisch wi di Gfüel dürenand ggange sy. Einersyts isch me sech im Klare gsi, wi nutzlos u lächerlich dä ganz Zouber eigetlich isch. Mi het sech gfragt, welem Idiot ächt i Sinn syg cho, üsere paar ehrehafte u guetwillige Ortswehrler zu settigne Chabisblätzpatriote z degradiere. Anderersyts isch de äbe doch es Gfüel i eim ufcho, mi dörf o mitwürke bi der heilige Pflicht, d Ehr vo üsem Land z verteidige.

Mängisch bin i mir scho vorcho wi di südfranzösischi Heldefigur, der «Tartarin de Tarascon» vom Daudet. Zur glyche Zyt hei mir nämlich i de Franzstunde vo syne

Aabetüür ghört. Dä guet Tartarin, wo sech als Held vorcho isch, wil er uf der Jagd het probiert, e Löi z erlege. So wyt isch es zwar nie cho, trotzdäm isch er inere Heldepose i sym Dorf umegstolziert u entsprächend vo de Dorfgenosse gfyret worde. Genau das han ig – als Parodie ufe Tartarin – i mym Chabisblätz ufgfüert. Drum isch mer di Tartarin-Gschicht ds Läbelang nacheggange, wil i se ja e Blätz wyt sälber erläbt ha.

Übrigens: dass mit em Tartarin no öppis Romantisches ynegspilt het i di Chabisblätz-Episode, das het em Ganze nume guet ta. Es het di gruusig chalte Nächt u der ganz Unsinn, wo mit em Ufhüüle vo de Sirene albe wider aagfange het, echly erträglicher gmacht.

Nume öppis het no gfählt. Mi isch ja i dene länge Stunde nid geng stumpf am glyche Platz ghuuret. Mi het o echly umepatruliert u öppe einisch zum Seminar übere göugeret. U de isch de d Phantasie gly einisch i Gang cho. Wi wär das doch nätt, we da eis vo dene Meitscheni chäm cho z glüüssle u eim würd flüschtere: «Chumm übere i Teechuchi, i mache der öppis Warms.» Mängisch het's mi ddünkt, i ghöri e Stimm, ja mängisch han i sogar gmeint, i gseji e Fätze vonere Semitin (wi me de Seminarischtinne o gseit het), eini wo no echly gäbig aazluege isch. Hei de nid di alte Eidgenosse, we si i d Lombardei abe zoge sy oder übere gäge Frankrych, Marketenderinne bi sech gha, wo se mit Naturalie versorget u verchöschtiget hei? Hei, da wär de d Romantik komplett gsi u ds Ganze erscht rächt erträglich. We's grad eso z mache wär gsi, hätt i mer natürlich eini vo de hübschischte gwünscht. Das isch nach Gotthälf es Meitschi, wo sälber nid weis, wi

hübsch dass es isch. «Aber echly süüferli, du Ortswehrphilosoph, eis nach em andere.
Pass uuf, dass der di goldigi Phantasie nid z fasch dürebrönnt. Echly öppis vo der Romantik muesch gwüss no uf speter verspare, we das Chriegsgstürm verby isch u d Studiererei es Änd het gno.» So het me sech de sälber Troscht zuegsproche.

Isch ja schön, dass der Mönsch i ds Phantasiere u Schwärme yne chunt, we ne e herti Zyte wei mürb mache.
So isch halt vorläufig Chabisblätz no Chabisblätz bblibe u der Patriot mit syr Phantaschterei mueterseelenalei, nächtelang, wuchelang. Di stille Stunde under em mitternächtliche, chalte Stärnehimel hei eim aber o ghulfe, dass me naadisnaa en eigeti Läbesphilosophie het chönne finde. We d Sirene Ändalarm ghüület hei, isch me jedesmal wider dankbar heizue zottlet u i ds warme Huli gschloffe. Mängisch isch eim no mit emene Süüfzer es «Gott sei Dank» etschlüpft. Gott sei Dank, dass mer nid imene Schützegrabe hei müesse umehüschtere wi so viil armi Däätle imene Land änet der Gränze. Dert isch es de um Läbe u Tod ggange.
Für üs Ortswehrler isch es zwar nid grad e Plousch gsi, aber doch nume ne Schabernack, wo eim meh ane Fasnacht als ane kriegerische Ärnschtfall het gmahnet.

D Notbräms oder e Höllekrach
uf der Uttigebrügg

Üsere paar Gymeler sy vo Thun mit em Schnällzug regelmässig uf Bärn gfahre. Im Summer hei mir die Bahnfahrt viermal gmacht am Tag, wil mer zum Mittagässe o heigfahre sy. Natürlich isch das es Ghetz gsi: vom Chirchefäldgymer ufe Bahnhof schuene, z Thun schnäll heitechle, ds Ässe abeschla u de wider los, dass mer na de eine der Zug für Bärn hei möge errenne. Am Aabe na de föife hei mer de wider Aaschluss gha für heizue. Klar, dass mer de nid geng hei möge Ufgabe mache im Zug. Es isch zwar nume zwöiezwänzg Minute ggange, aber mängisch het de i där Zyt öppis müesse loufe für üses Gmüet ufzfrüsche. Als Usglych zur Schuel, wo de scho denn nid öppe ne Plousch isch gsi, isch di jugendlichi Phantasie ganz schön zur Gältig cho. Was dem einte nid i Sinn cho isch, das het der ander derhärbbracht. So hei mir es rychhaltigs Repertoire vo harmlose Mätzli bis zu ganz gwagte Streiche binenand gha, won is di nötigi Abwächslig bbotte het.

E Zytlang isch der Zug, won is uf Thun het sölle bringe, z Bärn zersch es paar Minute gäge Fribourg u ds Wälschland gfahre für de echly aazhalte u nach der Weichestellig wider zrüggzcho, aber uf der andere Syte vom Perron, Richtig Thun. Ds Ganze isch rächt verwirrlich gsi, we me nid gwüsst het, wo die Fahrt no hi söll.

Einisch sy näben üs im andere Abteil zwo elteri Dame gsässe. Da fragt eine vo üs Thuner lut use, dass es alli andere hei chönne ghöre: «Giele, het dä Zug nid Verspätig? Wenn sy mer de eigetlich z Lausanne?»
Jitz hättet dihr sölle gseh, wi di Froue ufgschnellt sy u hei aafa weebere. «Eh, jitz sy mir i falsche Zug ggraate. Dä fahrt ja i ds Wälsche u mir wei ja i ds Oberland.»
Scho hei si em Usgang zuegstüüret, aber ds Usstyge isch jitz bi voller Fahrt niemerem aazrate gsi. Natürlich hei mer ds Goudi gha, wo mer gmerkt hei, dass die guete Froue ufe Lym ggange sy. Ds Ganze het is de aber gly no einisch echly böswillig ddünkt u mir hei aafa abtämpiere.

«Söttsch es afe wüsse» – seit eine –, «der Zug für uf Thun wächslet nume d Perronsyte.» Dermit het's de verwirrte Froue gwohlet u eigetlich o üs. Mir sy nämlich sälber fasch erchlüpft, wo mer gseh hei, wi sech di Fahrgescht hei ergelschteret.

Drum hei mer di Üebig sofort abbroche. Z merke, wi di Froue i Gusel cho sy, isch ja volluuf gnue gsi. Ds Lusbüebische, wo derby gsi isch, hei di guete Froue nid emal gahnet, u mir hei ja o sofort di nötegi Uschuldsmyne ufgsetzt.

Aber einisch isch üsi Phantasie no ganz anders i ds Chrut gschosse. Seit eine vo üs bim Aafahre vom Zug z Bärn: «Heit dihr scho gseh, da cha doch öppis nid stimme. Di Notbräms hanget ja viil zwyt abe, fasch wi we si wett abegheie?!»

Im nächschte Momänt hei mer aber scho wider öppis anders bbrichtet, u niemer het sech wäge där Notbräms wyteri Gedanke gmacht.

We der Zug albe z Uttige über d Aare gfahren isch, het d Ysebahnbrügg es schallends Grüüsch vo sech ggä, dass me grad echly lütter het müesse rede, we me sech het wölle verstah.

Aber Achtung! Jitz isch es, wi we di Uttigebrügg eine vo üs glüpft hätti. Steit dä plötzlich uuf, reckt si Hand wi vomene Magnet zoge a d Handbräms ueche. Hei, was söll das gä? «Hör doch uuf... bisch verruckt?» U scho ziet är d Handbräms abe für z luege, ob da öppis nid i der Ornig wär. U jitz?

Jitz fat der Zug aafa kreische u pfyffe wi ne überhitzte Chochtopf, we d Luft usezyschet. Im glyche Momänt steit der Zug bockstill. He natürlich, zu däm Zwäck sy ja di Notbrämse o ybbout worde. U doch sy mer erchlüpft vor em eigete Muet.

Vo de Reisende sy vili sofort usgstige u hei wölle luege, was da passiert syg. I gseh no jitz, wi Konduktöre mit emene Yse a de Reder hei ddopplet u närvös umegloffe sy für z luege, ob's amene Ort e Zämeputsch ggä heig. Wyt ewägg vo settigem. Mi isch beruehiget worde, es syg e Fählalarm, mi söll nume wider ystyge. Mir Gymergiele hei natürlich am beschte gwüsst, dass da nüüt anders derby isch als äbe ne Lusbuebestreich. U zwar eine vo der bsundere Sorte. Fasch über ds Bohnelied use. Di Reisende hei en ärnschti Myne gmacht u hei verängschtiget gfragt: «Was het's ächt ggä?» Was es het ggä, hätte mer ne scho chönne säge. Aber mir sy ufdsmal überbeschäftiget gsi mit Lache u Grinse. Ja der tuusig, da sy mer jitz einisch uf üsi Rächnig cho. Eso öppis. E Zug aahalte – us luter Gspass.

Natürlich steit uf missbrüüchlicher Handhabig vo der Notbräms e saftigi Straf. U natürlich isch ds Zugspersonal cho nacheluege, wo der Zug wider aagfahren isch. Het gfragt, ob öpper öppis wüss oder öppis Unregelmässigs beobachtet heig? Aber wi d Unschuldlämmer hei mir üs i nes vermöikts Lache u Grinse gflüchtet. «D Uttigebrügg heig allemaa e Notbräms glöst. Das rüttli ja dä Zug allimal, dass me mein, er ghei no über d Brügg use...» Im übrige hei mir vor em Kundi ufgregt dischputiert un enand interessiert gfragt, was cheibs jitz ächt das syg gsi? Emel normal syg so öppis nid? Mir heige bald afe Angscht imene settige Zug z fahre. Aber der Kundi het nume der Chopf gschüttlet u isch wyterzoge.

Im übrige sy mer emel doch no guet aacho. Vo Buess het nöije niemer nüüt gseit. Het ja o niemer gwüsst, wär so ne Blödsinn aagstellt het. Isch ja wahrschynlich würklich vo sälber usglöst worde. Isch doch höchschtwahrschynlich kes mönschlichs Verschulde derhinder. Wär chönnt de so verruckt sy gsi? – Däich nume ne Materialdefekt. Cha doch einisch i nere Ysebähnlerloufbahn vorcho, so öppis. Warum de so nes Gheie dervo mache. Der Zug mues ja wyter. Niemer het Zyt, e grüntlichi Enquete z mache. Nach drei Minute Ufenthalt rollt di ganzi Musig wider wyter, gäge Spiez ufe, uf Kanderstäg u – dür ds Tunäll düre – uf Italie abe.

So isch o ds Läbe wyterggange. U so überläbt ds Läbe no mänge grössere Blödsinn.
U was no ds Guete drann isch gsi: O üses Lache isch wyterggange, no lang. U no mängisch, we mer heigfahre sy, het eine vo üs im Versteckte glachet, we ne ds Grüüsch vo der Uttigebrügg us em Halbdusel grüttlet het. Öppen einisch het eine ueche zeigt, a d Dechi, wo ne gwüssne Griff abehanget. Aber drarecke u sech dran vergryffe, das het nöime kene meh gwagt. So öppis cha me höchschtens einisch mache, u scho das isch z viil. Üses Müetli hei mer schliesslich chönne chüele, u das nid zweni. U de sy mer mit jedem Tag on echly elter worde, u wil mer so viil glehrt hei im Gymer, hei mer derzue o ordeli gschydet.

Dass is d Flouse deswäge ganz vergange wäre, wär aber z viil gseit. Ds Erfinde vo nöije Müschterli isch bis zletscht e Näbebeschäftigung bblibe bi üsne Bahnfahrte.

Aber eis dörfe mer de fräveli für üs i Aaspruch näh: Bi allem sy mer de glych no nid eso verruckt gsi wi die Studänte, wo zu üser Zyt grad ds Gägeteil gmacht hei als mir. Sie hei nämlich bimene Tramwage, wo bim Casino obe gstande isch, nid d Brämse aazoge, si hei se ufta. Glöst hei si di Trambrämse bimene stationierte Tramwage. Ufta hei si se, di Möffe. Dermit isch di ganzi Ruschtig i rasanter Fahrt, we o ohni Passagier, d Kirchefäldbrügg zdürab gsuuset, diräkt i Brunne vor em Historische Museum. Es hätt nid viil gfählt, wär de dä Brunne o grad im Historische Museum glandet.

Dihr gseht, mängisch wär's ganz guet, we eine imene Wage wär, wo no weis, wo d Notbräms isch. Dihr, das hätt de üsereim gwüsst. Das wett i de bhoupte.

Überhoupt: Isch es de nid mängisch e gwaltige Vorteil, we me no weis, wenn u wie me söll stoppe? Wär das öppe nid guet, we gwüssni Höchgstellti am rächten Ort u zur rächte Zyt di rächti Hand würde i d Höchi haa u usrüefe: «Fertig, Schluss, jitz isch gnue!» Hätt das nid mängisch – u grad i üser Zyt – sogar volkswirtschaftlich e sägensrychi Würkig?

Däich wohl hätti's!

Mitternächtlechi Frouenabfuer am Heiligen Aabe

Lots Wyb isch bekanntlich zunere Salzsüüle erstarrt. Es git am undere Änd vom Tote Meer z Israel no hütt so Salzforme, wo me eini dervo mit Lots Wyb verglycht. Äbe so nes erstarrt's Wybervolch hei mir z Thun, won ig ufgwachse bi, o einisch erläbt.
I meine jitz nid ds «Brahms-Rösi», wi mer di Künschtlerfigur uf der Aarepromenade i der Neechi vom Kursaal albe echly verächtlich benamset hei, wil si inere füdleblutte usgstreckte Pose dert gstande isch, ei Hand hinger em Ohr, wie we si uf öppis würd lose, u der ander Arm tänzerisch usgstreckt. So parodiert nämlich di Kunscht-Plastik no hütt zur Ehr vom Johannes Brahms, im Hofstettepark. I sälber bi geng e Verehrer gsi vo der Brahmsche Musig u spile ne o sälber uf mym Flügel deheim. Aber als Buebe hei mir weniger ds Künschtlerische empfunde, wo das «Brahms-Rösi» zum Usdruck bbracht het. Es isch viilmeh di komischi Pose vo där Seenixe i der Parkaalag gsi, won is so ugwohnt u frömd vorcho isch. Wüsst'er, dennzumal sy Aktgstalte gägenüber hütt ehnder öppis Sältes gsi, Zytige u d Heftli sy no nid voll Froue gsi, wo ihres Heiligschte öffentlich zur Schou gstellt hei. Hütt isch das so alltäglich u abgedrosche, dass d «Brahms-Röse» punkto Erotischem i ihrer Broncegstalt nüt meh cha biete, we si das überhoupt je einisch het chönne. U vilicht het si so öppis ja o nie sölle.

Aber jitz zu öppis ganz anderem, im guete Sinn Ärnschthaftem.

I weis nid, wi mänge Pfarrer hütt z Thun amtiert. I chönnt's ja im Pfarrkaländer nacheluege. I weis nume, dass es mänge Kolleg isch, wo sech redlich bemüet, us der amorphe Thuner Gsellschaft e Gmeind zämezrüefe, wo über alli Gägesätz ewägg es Zämeghörigkeitsgfüel darf la ufcho.

Zu myr Zyt sy nume zwe Pfärrer gsi, der Pfarrer Schärer, my Konfirmationspfarrer, en usgezeichnete Kanzelredner, u der Pfarrer Graf, äbefalls e glänzende Prediger.

Der Pfarrer Arthur Graf het denn im Scherzligchilchli näbe der Schadou jede Sunntigaabe am füfi e Veschpergottesdienscht abghalte – nach altchirchlichem Bruuch. Als Theologiestudänt het eim die Art vo Gottesdienscht guet aagsproche. Es isch einisch öppis anders gsi u het o guet zu däm tuusigjährige, romanische Scherzligchilchli am See passt.

Am Heiligen Aabe isch de albe o ne Mitternachtsmette nach altchirchlicher Liturgie (Beernöichner Liturgie) düregfüert worde.

Üsere paar junge Bursche hei a däm Gottesdienscht teilgno. Es isch e schneechalte Wintertag gsi.

Wo mer us em Chilchli chöme, was gseh mer da? Lüt, wo sech ufe Heiwäg mache, wo us der wohlige Wermi vom Chilchli i di byssendi Chelti chöme u ne rächt forsche Gang yschalte, für müglechscht gly wider hei a d Wermi z cho.

Nume eir Person het's nid pressiert. Es isch e jüngeri Frou gsi, öppe i de dryssge. Was chrumms het's ächt dere ggä?

Es isch es Fröilein gsi – wi me denn no het ddörfe säge –, wo zmitts uf der Strass blybt stah. Starr u blockiert steit si da – wi aagnaglet – prezys wi ne styffi Salzsüüle. Wi ne Stock zmitts i der Strass. Mi chönnt o säge wi ne Ussteligsgägestand imene Schoufänschter. Ohni Regig, stumpf u stur isch di Miss i der Hohmadstrass gstande, merkwürdig zämeghuuret vor Chelti. D Bei het si zämegchlemmt für d Wermi chönne z bhalte.
Üsere drei junge Manne, wo äbefalls uf em Heiwäg sy gsi, stuune di Person aa. Si macht ja ke Bewegig. Isch doch nid normal so öppis! Mir mache en Expertise – wi me hütt würd säge – he ja, en Art Beguetachtig isch es doch gsi. «Du, het die eigetlech e Bäse gfrässe?» – «Vilicht en Aafall vo Häxeschuss?» – «De würd si aber stöhne oder grediuse möögge.» – «Was zu däm schöne Singe i der Chilche nid grad bsunders würd passe.» – «Passe oder nid

passe, meinsch en Ischias oder es Zahnweh frag vorhär, ob das em Heer oder der Dame würd passe? Du bisch de schon no e Humorischt.»

Ob me söll ga Hülf hole? Si wüssi's nid, si chönn eifach ke Schritt meh mache u syg wi glähmt. «Dihr syt doch o mit üs im Gottesdienscht gsi oder nid?»
Das het si bejaht. Si sötti hei, aber es göng eifach nid.
Mir unerfahrene Pilger hei da eigetlich o ke Rat gwüsst. Mir hei nume gwüsst: mi cha nid imene Wienachtsgottesdienscht d Botschaft vom Fride u vo der Fröid ghöre, me cha nid innerlich zuestimme u ufläbe, we vo der Liebi gredt wird u de es paar Minute nachhär amene arme hilflose Mönsch verbyga u dä i syr Hilflosigkeit sym Schicksal überla. Schliesslich git's de no barmhärzegi Samariter. Für üs isch also sofort klar gsi: Mir sy da usegforderet, där Frou z hälfe. Aber wie?
Vo üs isch kene güebt gsi, e frömdi Frou aazrüere. Mir hei doch nid gwüsst, wi me die jitz söll aapacke u wi me die Hunderti vo Meter wyt cha trage? Oder schleipfe? Aber Schleipfe wär da doch nid i Frag cho. Se gar no am Haarschopf ha u so wi ne bösi Häx abfüere? Nei, a so öppis het me ja nid dörfe dänke. Hätti sech grad no gfählt. Settig gheiligeti Jünglinge, wo früschbbache vomene Gottesdienscht chöme... Sötte die nid der Sach entsprächend handle?
I ha später als Pfarrer z Lützelflüe mängisch ddänkt: Chuum isch me us der Chilche, chöme allerlei Herusforderige uf eim zue. De fragt sech de, wi machsch jitz das, wo de churz vorhär i so höche Tön dervo hesch

gredt? Ja, was mache mer jitz mit där Frou, mit där verstyffte Salzsüüle, däm merkwürdige Chlotz i der Wienachtsnacht?

Es isch is allne sofort klar gsi: Mir müesse di Frou heibringe. Mir müesse Hand aalege. Aber wie bim tuusig macht me so öppis?
Guet. Es het sech eigetlech ganz vo sälber ergä. Eine het se vo hinde gstützt, het ere under d Arme ggriffe, di zwe andere hei je es Bei i Griff gno. Das isch e schöni Porzerei worde. Geng het me wider abgstellt u nöi Griff gfasset. «Geit's eso oder tuet's nech weh?» – «Es geit scho», stöhnet si u byschtet si, «es isch guet.» Guet, ja öppe für dryssg Meter. De isch es für üs scho wider weniger guet gsi. Mi het früsch müesse aafasse u zersch echly verschnuufe. Schliesslich sy mir keni Athlete gsi, o we me erscht no vor churzem bi de Kadette uf der Progymatte ds guldige Vierkampfabzeiche u ds guldige Schnälloufabzeiche stolz am Arm het ddörfe trage.
Isch das e Fuer gsi!
«Wo syt dihr eigetlich deheim, geit das no wyt?» frage mir, abeghundet wi mer sy gsi. Wi zur Mumie erstarrt, ligt das Frouezimmer i üsne Arme, u es het is ddünkt, si wärdi geng wi schwerer.
«I sött halt i Dürrenascht use», stagglet si.
«Loset guets Fröulein», han i Muet gfasset u rächt resolut afe üse Tarif düregä, wo mer zum Verschnuufe üsi Lascht wider echly abgstellt hei: «Jitz hei mir öich vo der Schadou bis i d Frutigstrass füre gfuget. Jitz git's für üs nume no eis. Mir tragen öich bis i ds Müetereheim

Hohmad füre. Dert näh si o i der Nacht Notfäll uuf. Di wärde de ds Nötige scho under...

Jitz lue da. I ha der Satz nid chönne fertig säge, da het sech vor üsne Ouge öppis Ungloublichs abgspilt. Di starri, styffi Person, wo mer vori no wi ne Schwärchranki hei umegfergget, isch i grosse Sätze wi ne Rageete dervogstobe. Mir hei gmeint, mir tröumi das nume. Dervotechlet, dervograset isch si, i gloube, kene vo üs junge Manne hätt es settigs Tämpo chönne härelege. En unbändegi Chraft isch plötzlich i däm zarte Wybervölchli inne gsi, wo ufdsmal wi ne Bombe explodiert isch.
Mir sy dagstande wi Ölgötze. «Die het is jitz schön füre Lööl gha», säge mer u hei fasch nümm chönne ufhöre mit Lache. Über di Frou, aber o über üs sälber hei mer müesse lache; dass mer dere so ungsinnet ufe Lym ggange sy. «Isch de doch no ne heikli Sach mit em Wybervolch!»
Der Hansjoggeli-Spruch «Es ist ein liebenswürdiges Geschlecht, das weibliche, aber verdammt eigensinnige Geschöpfe gibt es darunter, das ist wahr» het mi speter geng wider a üses Schadou-Wienachts-Fröulein gmahnet, won is am Heiligen Aabe da so unverhofft i d Arme u Bei u bsunders o uf en Aate cho isch. Da hei mer jitz Aaschouigsunterricht übercho für ds ganze Läbe. Nid vergäbe isch ds Wybe (e Frou ga sueche, für se einisch z hürate) bim Gotthälf mängisch so ne aabentüürlichi u chutzeligi Aaglägeheit.

Item. Was e «Hysterika» isch, e hysterischi Frou, das het me mir nach däm Vorfall nie meh müessen erkläre.

Nume bin i wäge däm prägnante Byspiil lang em Missverständnis ufgsässe, d Bezeichnig «hysterisch» sygi exklusiv für Froue reserviert. Dass däm gar nid eso isch, het mi nid ersch ds Glychberächtigungs-Zytalter glehrt. Dür speteri Erfahrige han i müesse gseh, dass es o hysterisches Mannevolch git, u we de das der Fall isch, de isch es de fasch no verflüechter.

E dänkwürdegi Klassezämekunft

Als bsunderi Fyrlichkeit hei mir für üsi Progy-Klass (Prom. 39) zu üsem füfevierzigschte Altersjahr e Fahrt uf em Thunersee organisiert. Es isch e strahlend schöne Tag gsi, wi gmacht für üsi Zämekunft. Uf em Programm het's gheisse, mi sölli am halbi zwöi zur Abfahrt parat sy. Wo nen andere Klassekamerad un ig si aagrückt – mir si nume ei oder zwo Minute später gsi als abgmacht –, gseh mir ds Motorschiff scho dryssg Meter im Kanal usse uf der Abfahrt. «Di sy nöime pressant!» Mir hei nume no chönne adiö winke, u de wär is nüüt anders übrigbblibe, als echly truurig wider heizue z zottle.
Aber Achtung! Was söll das gä? Üses Schiff, won is hätt sölle mitnäh, schaltet ufdsmal der Rückwärtsgang y u stüüret a ds Ufer.
Mir merke gly einisch, dass mir zwe Zaaggine früntlicherwys sölle abgholt wärde. Was mer aber nid gwüsst hei, isch der heimlich Schlachtplan, wo di heitere Bursche derwyle usgheckt hei, für is so rächt uf Gable z näh.

Buume Kari, der Swissair-Pilot, wo gärn echly der Ton aaggä het, isch öppis bsunders i Sinn cho. «He da, chömit Giele, jitz wei mer einisch der Künzi Housi, wo süsch uf der Kanzle z Lützuflüe ds grosse Wort füert, echly abechouffe. Bi der Begrüessig fan ig de aa u de loset de guet, wi das tönt. Jede söll de der Fade, won i spinne, ufnäh u uf sy Gattig e wytere Chnopf dra chnüpfe.»

Grossmächtig steit Kari als erschte z vorderscht. Uf sym Gsicht het er es breits Grinse ufgsetzt. «Tschou Housi, was hesch du eigetlich für ne versoffne Gring? Was donnersch machet dihr eigetlich ds Lützuflüe, dass du so ne roti Nase hesch?»

«D Nase gieng ja no», chunt en andere, «aber de hesch de no so roti Fläre a der Stirne obe.» – «U am Hals oo, Housi, schämsch du di nid, eso umezlouffe?»

Wi ei Chübu Wasser umen angere hei sech di Sprüch über mys arme Houpt ergosse...

Es isch mer nüüt angers übrigbblibe als härezha.

«Jaja, Housi, mir mache de nid öppe Gspass, d Sach isch ärnscht gnue, du hesch würklech afe ne Gring wi ne verdooreti Zybele, nume dass näbem Wysse u Gälbe no ne giftegi Rööti ds Ganze überschlargget.»

Natürlich han i sofort gmerkt, was für Flouse da im Spiel sy u ha härzhaft mitglachet, ja, i ha mi amüsiert, wi jede em andere Muet gmacht het, müglechscht no chächer uf d Pouke z houe. Jitz geit's nume no drum, wele meh grellpastell cha uftrage... E richtige Verhunzigs-Wettbewärb isch da im Tue gsi. Hei, isch das e hitzig-fröhlechi Schlacht worde. Völlig spontan us der Situation use isch di Sach gebore. Es Teamwork wi's i kem Lehrbuech klassischer hätt chönne beschribe sy.

Es isch ja bi allem o d Fröid, enand wider z gseh u enand echly z hänsle, zum Vorschyn cho.

Begryflich het's di Kamerade gjuckt, der einzig, wo so ne usgfallne Bruef het gha, wil er isch Pfarrer gsi, echly dür d Hächle z zie. U wo git's de scho ne gröseri Narrefreiheit als da, wo me zmitts uf emene See, zmitts i där grossartig schöne Naturlandschaft ganz alei under sich deheime isch. E wahri Götterfröid also, eso nes Pfarrerli einisch, we me's de scho grad so naach derby het, über d Chnöi z näh.

We si öppen einisch hätti wölle ufhöre, aber di Chätzere hei sech verschwore, my Gring z verunstalte, dass er ungfähr wi ne Fulehung-Larve hofnärrisch für alli Zyte mües gfygüüret blybe. Fasch, wi we si di Sach wuchelang vorhär ygstudiert u usprobiert hätte. Geng wider bin i vor eim gstande, wo mit sym Pinsu no bunteri Tupfer us der Farbpalette gholt het, für di Verunstalterei perfekt z mache.
«Ja, e versoffne Gring hesch jitz eifach, Housi, da chasch nüt meh dran ändere. Scho vo hundert Schritt gseht me der's aa.» – «Herrgott, es settigs Vogugschüüch uf der Chanzle, das mues ja de einte Angscht mache, dass si lut usebrüele u dervoloufe, u d Ching chöi nid anders als lut use ggöisse u pfupfe u gugle, i ghöre se ja scho!»
Mängisch han i de o no mitghulfe: Im Ämmital heige äbe d Lüt no nid so abgschabeti Gringe, wo jede em andere glychi. Da heig halt öppe no jede sy eiget Gring. Drum chöm's ne allwäg echly stober vor, we eine anders us de Chleider luegi als so gradanige, landläufige Längwyler.

Wo du äntlech das Spiessruetteloufe u di Chnüttlete es Änd het gno, bin i – ja, wüsst dihr, wohäre i du bi ggange? D Örtlichkeit, wo sogar d Chüniginne unbegleitet ufsueche, isch mys einzige Ziil gsi. Aber nid wäge däm, wo me gwöhnliaa dert häre mues gah, het's mi derthy zoge. Lachet nid, aber e Spiegu han i jitz bbruucht.

Mi gloubt's nid, aber we eim jede geng wider z Glyche seit, we me zwänzgmal ds glyche Lied ghört, de louft eim di Melodie nache u wird e Teil vo eim sälber. I hätt's nie ggloubt, aber o we me sälber vom Gägeteil überzügt isch, cha nes ständigs Ypouke vo Schlagwörter eim langsam usicher mache. Jää, isch amänd doch öppis...? I stah süsch standfescht u chäch uf de Beine, o we's uf d Meinig aachunt – nid öppe wi Jowägers Joggeli, wo geng d Meinig vom letschte, wo grad bin ihm isch gsi, het aagno. Aber jitz han i doch sälber müesse nachekontrolliere, ob nid doch öppis vo däm, wo mer da isch aabbänglet worde, dranne syg?

Da bin i zersch no ganz gäbig erchlüpft. Dihr wüsst ja, wi mängisch di Spiegle uf de Motorschiff nid grad erschtklassegi Salonspiegle sy, nid bis i alli Spiil yche scharf gschliffe.

Viilmeh bin i vor emene bös verchaarete Metallblatt gstande, wo so öppis wi ne Spiegu het sölle sy. Es isch nid zum Säge, wi dä eim ds eigete Zifferblatt i alli Egge use zoge het. I ha uf all Fäll zwöimal guet müesse luege, für sicher z sy, dass dür di irritierende Vote my Schädel ke Schade het gno u dass di Verhäxerei nüüt het abbracht am mym herte Bärnergring.

Aber gly emal het mer dä Abklatsch vo Spiegu bestätiget, was i ja o sälber beschtens gwüsst ha: di üppige Sprüch sy abblitzet, u vomene verbbülete Gring het scho gar ke Red chönne sy... D Sach isch also i der Ornig. Meh weder e Gäg isch es nid gsi. Guet inszeniert, das han i müesse zuegä.

U no öppis: I bi sogar feiechly stolz worde. Es het schliesslich alls syni zwo Syte. All di Güger u Höger, di Tüpf u di Schlärgg, wo si eim da aaddichtet hei, sy purluteri Phantaschtereie gsi. Fröi di, my Seel! So nes Gfrääs wi der Schnepf im «Dursli, der Branntweinsäufer», «der ein Gesicht machte, als hätte er hundert dörnige Wedelen gefressen» hesch de no lang nid, u o nid so wi ds Vehfröidiger Mannevolch, denn «sie gingen umher wie wandeln-

123

de Brummelsuppen und hatten Gesichter, als ob man sie flüchtig mit einem Besenwurf beschmissen hätte». Wyt ewägg vomene Eglihanes-Gfrääs, «der ein Gesicht hatte wie ein gemausert Huhn und braun und blau dazu, und wie die Halbherren, die verklebte Augen hatten und Nasen wie Schuhleisten».

Die ganzi Physiognomik us de Gotthälfgschichte isch mer da ufdsmal vor däm Psöidospiegu vor em innere Oug ufglüüchtet u het mi tröschtet. Wenigschtens a de negative Byspiil gmässe, het's mi ddünkt, wär's emel also no ggange mit mym Hübu (Houpt). Schliesslich mues me sech als gwöhnliche Bärner nid geng mit em David-Gsicht vom Michelangelo wölle mässe. U schliesslich isch de no jede am wöhlschte mit syr eigete Nase.

Übrigens het Buume Kari zmitts uf em See d Motore la aahalte. Wi uf ere einsame Insel sy mer zmitts im Glanz vonere milde, warme Herbschtsunne im tiefe Blau vom Wasser u vom Himmel ygfasst gsi, wo üs Kari uf syr Gitarre öppis zum Beschte ggä het. Es Gedicht, won er i der Erinnerig a lang vergangeni Jugendzyte nostalgisch het la ertöne: «Ach, wen i nume wider einisch e Lusbueb wär.» E Lusbueb, wo d Lehrer verruckt macht, wo Streiche verüebt, u mi chan ihm's nid verüble, wil er halt äbe ne Lusbueb isch, aber – singt Kari – eis würd er nie meh mache: der Mueter widerrede, we si ne heissti, Kommissione z mache oder d Stäge z wüsche.

Das Lusbuebe-Cabaret, wo Kari inszeniert het, isch bis hütt für di ganzi Rundi – u natürlich bsunders für mi – es unvergässlichs Erläbnis bblibe. Wen ig i Spiegu luege, dänken i mängisch: He nu, lieber no nes paar Altersfläcke, wo mys Gsicht afe echly garniere, als di Müüssi u Tümpfi u di farbige Fläre, wo di Luusere i ihrem Übermuet mir denn hei wöllen aadichte.

Der Autor:
Hans Künzi wurde 1923 in Thun geboren und absolvierte nach dem Gymnasium sein Theologiestudium in Bern und Lausanne. Von 1953 bis 1989 betreute er die Pfarrei in Lützelflüh. Der Autor – bekannt durch seine Werke «So ein handlich Weib ist denn doch ein kitzlig Ding», «E gfröiti Sach» und «Oh, we dihr wüsstet, Herr Pfaarer!» – beschäftigt sich seit Jahrzehnten intensiv mit dem Werk von Jeremias Gotthelf. Er hält Vorträge über den bedeutenden Dichter und war an der Gründung der Gotthelf-Stube und des Gotthelf-Archives in Lützelflüh massgeblich beteiligt. Hans Künzi lebt heute mit seiner Frau in Sumiswald.

Ein neuer, spannender Berndeutsch-Krimi

Eigentlich wollte Kommissar Seiler von der Berner Kantonspolizei unten an der Aare seinen freien Tag verbringen. Knapp, bevor er hinter der nächsten Hausecke verschwand, hörte er seine Frau rufen. Sein Vorgesetzter befahl ihm, ins «Grand-Hotel-Palace» nach Interlaken zu fahren. Dort trifft er einen aufgeregten Hoteldirektor an und – in der Badewanne liegend – eine nackte, männliche Leiche. Neben den persönlichen Effekten des Gastes kommt auf einem Sekretär ein Pass zum Vorschein. «Offenbar ein gutbetuchter Auslandschweizer, der sich in dieses Luxusmonster von Hotel verirrt hatte», konstatiert Seiler...
Werner Gutmann – von der Presse oft als Förderer eines modernen Volkstheaters gehandelt – legt mit seinem neuen Buch erstmals einen Krimi vor.

Gebunden, 116 Seiten

«Der literarische Geheimtip» und Berndeutschbestseller

In ihrem kräftigen und doch leicht lesbaren Berndeutsch hält sie ungemein spannend und lebendig Rückschau. Es sind Erlebnisse, die sie erzählt – und sie betreffen eher ländliche als städtische Verhältnisse. Wahre Geschichten, die das Leben schrieb, und die – teils heiter, teils besinnlich – von den Lesern dankbar aufgenommen werden.

4. Auflage, gebunden, 128 Seiten

**Jetzt auch als Hörbuch erhältlich:
2 Kassetten zu je 90 Minuten**